W0186251

Nápoles 23

NÁPOLES 23

Pilar González de Gregorio

Ediciones Martínez Roca

Diseño de colección: Opal
Ilustración de la cubierta: Xavier Comas

Ninguna parte de esta publicación, incluido el diseño de la cubierta,
puede ser reproducida, almacenada o transmitida en manera alguna ni por ningún
medio, ya sea electrónico, químico, óptico, de grabación o de fotocopia,
sin permiso previo del editor. Todos los derechos reservados.

© 2002, Pilar González de Gregorio Álvarez de Toledo
© 2002, Ediciones Martínez Roca, S. A.
Provença, 260, 08008 Barcelona
Primera edición: marzo de 2002
ISBN: 84-270-2798-2
Depósito legal: B. 12.043-2002
Fotocomposición: Víctor Igual, S. L.
Impresión: A & M Gràfic, S. L.
Encuadernación: Artesanía gráfica en encuadernación, S. L.

Impreso en España-Printed in Spain

A mis hijos Pepe y Tomás

Y esta enfermedad que era el amor de Swann, se había multiplicado tanto, estaba tan estrechamente unido a todos sus actos, a su pensamiento, a su salud, a su sueño, a su vida, incluso a lo que él deseaba para después de la muerte.

MARCEL PROUST, *Por el camino de Swann*

AGRADECIMIENTOS

Al profesor Gonzalo Anes, Director de la Real Academia de la Historia, por sus consejos en materia gramatical.

A Luis Sagrera, ministro consejero de la Embajada de España ante la Santa Sede y antiguo cónsul general de España en Nápoles, por su gran ayuda.

Al cónsul general de España en Nápoles, Miguel Benzo, por sus informaciones.

A la duquesa de la Tour, una guía encantadora, y a su hermana Isabella Boiano, por su generosidad y hospitalidad.

Al profesor Marcello Gigante, catedrático de filosofía clásica de la Facultá di Lettera, que me recibió en su apartamento del palazzo Tarsia.

A la princesa Acton, que me abrió amablemente su casa magnífica en el palazzo Cellammare.

A Gianantonio y Emma Grazilli que me permitieron visitar el espléndido palazzo Maddaloni.

A Piero Piromalo, duca di Capracotta, al comte Gabrielle

Gaetani d'Aragona y al dottore Condurso, que me enseñaron detenidamente el Círculo Nazionale Dell'Unione.

A Fabio Pignatelli della Leonessa, arquitecto enamorado de Nápoles y dueño de una terraza espectacular.

A Lino Britto, productor de espectáculos musicales barrocos, que me proporcionó el libro *El volcán bajo la ciudad*, de Dominique Fernández, agotado e inencontrable.

A Francisco Javier de la Plaza, catedrático de historia del arte de la Universidad de Valladolid y viejo amigo, por las continuas consultas y por su aliento entusiasta.

1

EL GRABADO

En casa de mi abuela había una galería, alta de techos, de muchos ventanales, de proporciones verticales y ligeramente amueblada. De niña, yo me sentaba en una banqueta, medio escondida entre las finas cortinas blancas, el mejor sitio para observar y escuchar el ir y venir, el ruido de la casa.

Era la galería un paso obligado, sobre todo al estar allí uno de los dos teléfonos, un aparato negro e imponente, instalado en su hornacina como en un trono, lo que daba a las conversaciones un prestigio institucional, aumentado por las fórmulas hechas para contestar y llamar, invariables como los ritos del confesonario.

Enfrente de mí estaba el grabado que siempre me atrajo, me hizo perder tantas horas durante muchos años y tanto ocupó mi holgazana y excesiva imaginación.

El grabado, como es lógico, era un retrato, el de un antepasado que trajo fortuna y fama a nuestra familia conocido entre mis parientes como *nostro condottiero*, en aquella mezcla hispano-italiana hablada por nosotros desde tiempos remotos. El personaje tenía su leyenda, algo misteriosa e incómoda, que lo hacía para mí irresistible.

Se trataba de un hombre-guerrero fuerte y moreno, de mediana edad y penetrantísima mirada negra, casi candente; llevaba una gorra, adornada con un broche y una pluma pequeña, su poderosa mano izquierda se apoyaba en la cadera, cerca de la empuñadura de la espada, y con la derecha sostenía una lanza. Llevaba un jubón entreabierto, abrochado por elegantísimos y minúsculos botones, del que sobresalía el cuello de la camisa, blando, ligero; sobre el pecho le caía una cadena de oro. Su boca era burlona, algo insolente, perversa, y tenía un aire valiente, inteligente, irónico pero taimado, inquietante. Esa figura alimentó más de la cuenta mis primeros sueños.

El grabado, hecho en el siglo XVIII, llevaba añadido alrededor del retrato una guirnalda adornada con motivos clásicos, alusivos a sus triunfos, y, abajo, en el centro, las armas de la familia, con gran despliegue de atributos, pompas y honoríficas escenografías.

La pintura original, atribuida a Pontormo, fue realizada hacia 1537. De ella existían dos versiones, con algunas variaciones en el traje, una en el palazzo Pitti de Florencia y otra en el de tío Pepito Altáquila de Nápoles, quien la conservaba en un increíble salón barroco de alegórica decoración a la gloria del *nostro condottiero*. En mil setecientos y pico se encargó una serie de grabados al ilustre artista don Mariano Salvador Carmona que se repartieron entre los parientes. Todos ellos lo han exhibido en lugar bien visible de su domicilio, como un santo y seña.

Lo más apasionante, sin duda, eran las murmuraciones en voz baja que se hacían en torno a él entre las visitas o el servicio. Su aureola de escándalo había atravesado siglos y generaciones. En la época de mi niñez seguía despertando incredulidades, chismes, insultos y alguna palabra soez por parte del personal; ellos le habían atribuido otra leyenda paralela y distinta de la versión histórica, transmitida fielmente a los nuevos como parte de la rutina y costumbres de la casa. Según tenía yo entendido, lo consideraban de mal agüero y portador de desgracia casi segura para las mujeres.

Una tarde, estando sentada en mi rincón, se produjo la gran escena inolvidable, protagonizada por Lidia, la joven cuerpo de casa, como entonces se decía, que llevaba ya cuatro años con nosotros. Era rubia, pálida, monísima, el tipo físico de siempre impuesto para su función por mi abuela, para quien lo estético, decorativo e innecesario tenían fuerza de ley.

Desde mi banqueta, tapizada en terciopelo gris, yo me enteraba de todo, se oían muy bien los ruidos de la cocina, del cuarto de la plancha, alma de las tardes; por allí pasaba el trajín destinado a los cuartos de dormir, me llegaba el murmullo del comedor y, atravesando las ventanas y el patio, las conversaciones más íntimas del pequeño salón azul. Mi poco elegante y criticada curiosidad me impulsó a desarrollar un oído finísimo; de hecho, lo he tenido y tengo tan sensible como el de un animal salvaje.

Lidia andaba soliviantada, mal peinada, a pesar de las rígidas instrucciones de mi abuela, las ojeras cada vez más oscuras. Por la mañana, Lidia tenía una actividad desbordante, casi febril, corría al teléfono al primer timbrazo, cada llamada le causaba una decepción; se le iba minando el humor y la vitalidad. El anochecer le traía una languidez un poco agónica, que he observado siempre en quienes sufren repetidas decepciones en el ansia del amor. Y en Lidia eran muy grandes la desgana y la apatía que se apoderaban de ella cuando me abría la cama al acostarme.

Así pasaron semanas. Yo espiaba a la pobre Lidia, y ya me hice mi propia versión de los hechos por frases de la cocinera, consejos de autoridad, dados por María, la gorda lavandera, y suspiros resignados de Leandro, el criado. Palmira, la doncella, se había despachado a gusto. Los comentarios eran así: «Ése ya no vuelve. Todos son iguales; en cuanto consiguen lo que quieren, si te vi, no me acuerdo», «¿No te lo he dicho mil veces? Madrid no es tu pueblo, aquí hay mucho sinvergüenza y aprovechado, no se conoce a nadie, hay que saber guardarse; si hubieras tenido un poco de vergüenza y de trapío para decirle que no, no estarías así, ese asqueroso seguiría llamándote hecho mieles». Palmira, tan fina, era la más contundente: «Como todos los hombres: un cacho cabrón, el mejor, colgado, si todos van a lo mismo. Yo también he pasado por eso, pero una nunca aprende en cabeza ajena». Palmira, por cierto, se llamaba Josefa, pero mi abuela había decidido que todas sus doncellas debían llamarse Palmira, quedaba muy bien para viajar y la fonética armonía del nombre refinaba mucho, según ella; además, se prestaba para contar historias románticas de condesas orientales emigradas a Europa por culpa del comunismo, tema muy socorrido para iniciar nuevas conversaciones en lugares extraños, al que la abuela había sacado mucho partido en distintas situaciones en las que la lejanía y lo nuevo de la circunstancia le permitieron entablar imprevistas y fugaces relaciones, fuera de su código cotidiano.

Pues esta Palmira de entonces tenía muy mala lengua y en cuanto llegaba al pasillo del servicio se le iba de golpe la finura inculcada por mi abuela y eran todo palabrotas, risotadas y manotazos; observaba yo que esas expansiones hacían que se sintiera mucho más alegre, la recargaban de salud y volvía como quien se hubiera quitado un peso de encima.

Entre los comentarios de por las tardes en el cuarto de plancha había una sentencia frecuente: «En esta casa pasa lo mismo con casi todas, trae mala suerte ese Barba Azul del pasillo; es por su culpa, ése nos da mal fario, y ni se libran las señoras». Ahí comenzaba el indiscreto cotilleo sobre la vida íntima de mi abuela, su hermana, mi madre y otras parientas que contaba, con toda la sal del mundo y adornándolo a su gusto, Leandro, el criado sanluqueño que llevaba en casa toda la vida. Las historias nunca eran iguales y los galanes se iban pareciendo a «Gargable», «Umpibógar», «Tilor» o a elegantes como «el Aster», según el capricho de Leandro Pita.

El 9 de mayo Lidia recibió al fin su llamada: se le cambió el color de la impresión y respondió con un hilo de voz, que pasó del júbilo a la desesperación. Todo acabó así: «Entonces no quieres saber nada, ni verme una vez más siquiera». Colgó y se quedó paralizada; se apoyó unos minutos contra la pared y los ojos se le fueron armando de ira, mientras miraba agresivamente al *nostro condottiero*. De pronto se quitó el zapato y se lo tiró al cuadro, que cayó al suelo, se rompió el cristal en pedazos; ella se abalanzó para pisotearlo, increpándole: «Ha sido por tu culpa, demonio asqueroso, pero me largo para no volverte a ver. Si me quedo aquí me jodes la vida para siempre, hijo de puta».

Entonces salté de mi banqueta, dispuesta a defenderlo, y, a pesar de la lástima que sentía por Lidia y de mi atávica solidaridad femenina, grité: «Lidia, por Dios, él no te ha hecho nada, no me lo quites, no me lo rompas, que yo lo quiero». Y con inusitada fuerza para mis nueve años escasos le di un empujón, me apoderé del grabado, aún ileso entre los cristales, y corrí a mi cuarto, perseguida por Lidia, que quería quitármelo para quemarlo. «Es por tu bien, para salvarte, para que no te pase como a mí», me decía; yo resistí sin salir, encerrada con cerrojo, apretando el grabado contra mi pecho de alfeñique, hasta que las cosas se calmaron.

Era la primera vez que lo tenía entre mis manos, sin marco, y mi fantasía calenturienta lo vio casi revivir y palpitar; cuando lo miré, agitada, surgió en mí una gran fuerza y le hice una promesa llena de resolución exagerada y grandilocuente, de pasión inventada desde mi primera niñez: «Yo iré a buscarte cuando sea mayor, yo te libraré de las mentiras que cuentan sobre ti, estaré donde estuviste, lo buscaré todo y contaré tu vida en un libro, te lo juro».

Lidia se marchó al día siguiente, muerta de tristeza. No sirvieron de nada los consejos de los compañeros, ni las súplicas de mi abuela, que sentía horror ante las novedades y cambios; en esos casos no ahorraba teatralidades ni exhibiciones de debilidad y desamparo, para eso no conservaba ninguna mesura, utilizaba todos sus recursos para salirse con la suya, y, la verdad, fue la única vez que no venció. Lidia no claudicó, no volvió a aparecer por casa, ni a dar señales de vida; María, la gorda lavandera, lo sintió mucho, pero acabó acusándola de ingrata y desertora.

Mi abuela se encerró en su habitación tres días enteros, sólo salía para tomar su caldo en el comedor, vestida con la bata de raso color violeta de las jaquecas y adornada por una única perla.

Cuando se restableció, llamó a su dorador para rehacer el cuadro y volverlo a colgar en el mismo sitio, desde donde ha seguido presidiéndolo todo.

2

MI CASA Y MI GENTE

He vivido desde niña en el viejo Madrid, en un piso antiguo, grande y medio sombrío que tiene aún mucho de caserón. Mis padres murieron en un accidente aéreo antes de que yo pudiera recordarlos y mi abuela materna se encargó de mi educación. Es una gran belleza otoñal y una esteta militante, procedente de una histórica familia hispano-napolitana, milagrosamente no tan arruinada. Sus hermanos han tenido también su influencia en mi persona: la muy encantadora y alegre tía Eleonora, versada en el teatro de todos los tiempos, siempre rodeada de loros multicolores, y mi tío solterísimo, Pepito Ávalos de Osorio, príncipe de Altáquila, uno de los personajes más particulares y excéntricos de Europa; hasta hoy prosigue su existencia, adormecido en un mundo aparte, su destartalado, magnífico y debidamente ruinoso palacio renacentista de la vía Nilo, situado en el bello y teatral barrio antiguo de Nápoles, el mítico Spaccanapoli, meca secular y grandiosa de la anarquía civilizada.

Casi toda mi vida ha transcurrido en Madrid, en una decimonónica casa de la calle del León, no muy lejos de la Academia de la Historia, un tercer piso de techos altos, provisto de estucos, *lambris*, puertas de espejo, clásicas *boiseries* de color desvaído, numerosos salones, dormitorios y muy espaciosas dependencias de servicio repartidos alrededor de dos patios comunicados por una larga galería. Entra por las ventanas el griterío popular de la calle, llena de viejas tiendas y tabernas, cargada de vida; ciertos días incluso huele a alcantarilla, como Dios manda.

Desde siempre me he visto rodeada por muebles Luis XVI auténticos, alfombras de la Real Fábrica y lámparas de La Granja, mezclados con la algarabía barriobajera, el vecindario de solera castiza, sin disfraz ni maquillaje, muy distante de la uniformidad repetitiva propia de los preservados barrios de la burguesía, donde nuestra familia se hubiera sentido extraña.

Este piso le pertenece a mi abuela desde los quince años, cuando por particiones y algún bache económico, nunca bien explicado por no ser recuerdo grato, prescindieron de la desmesurada casa de la calle de Don Pedro, construida hacia 1550 por un antiguo virrey de Nápoles, de la que todavía se conservan restos de un estilo muy italiano, incrustados desde hace siglos en Madrid.

La decoración es elegante, ligera, estudiadísima, pues para mi abuela era y es una preocupación máxima. Ella ha impuesto su gusto certero con precisión milimétrica, los colores suaves y fríos, muchos cuadros de familia, alfombras, telas, algunas de ellas ya pasadas, tapices, frágiles relojes de bronce, espejos muy italianos de figuras grabadas y muchas porcelanas de Capodimonte, Buen Retiro, Sèvres, algunas esculturas y ni el menor objeto con pinta de nuevo o flamante, ni siquiera la pintura, que es inmediatamente «ensuciada» por un experto patinador, ya anciano, muy estimado en casa.

Tía Eleonora ha tenido siempre sus cuartos y su *boudoir*, pues se queda varios meses al año, y deja dos o tres loros; así se ahorra las incomodidades del viaje, más la sensación de llegar de visita. Los nombres de los loros nunca han sido de gran importancia para nosotros.

Mi tía es viuda desde hace mucho, sin hijos, y es dueña de una preciosa casa muy andaluza, de atmósfera mágica, en Sanlúcar de Barrameda, donde me encanta ir a pasar temporadas.

También nos han acompañado tres pretenciosos perros carlinos, con sus lazos y cascabeles, siguiendo la moda dieciochesca, los tres de color crema, morro y ojos muy negros, dos machos y una hembra: *Mambrú, Chuti* y *Brígida*. Cuando ha habido una desgraciada baja, han sido fielmente sustituidos por idéntica raza, color, sexo y nombre al cabo de seis meses exactos, tiempo necesario de cierto luto y para que mi abuela se recupere del disgusto.

La abuela, como ya he dicho, ha vivido preocupada por su mundo especial, el menor cambio o adquisición ha sido cuestión de larga reflexión, no se ha reparado en gasto ni esfuerzo. Tiene gran predilección por el estilo directorio, las cortinas blancas ligeras, lo estricto y elegante, sin pesadeces rotundas. Las menudencias como las tarjetas o el papel de cartas, los ramos de flores o la elección de la vajilla han sido temas capitales.

Se han considerado asimismo asuntos mayores sus trajes, sombreros y *toilettes,* batas, ritmo de vida, devociones, extravagante alimentación, cuidados de belleza, arcaicos remedios curativos, un ancestral médico de cabecera... etcétera.

La abuela ha recibido, ahora menos, dos miércoles al mes, se ha vestido para salir dos días por semana, un tercero se ha arreglado «esportivamente» para dedicarse a recados y gestiones diversos. Ha oído misa dos domingos al mes y los otros dos se ha encerrado en su *boudoir*-oratorio tres cuartos de hora precisos. Leandro, ya tan mayor, ha tenido siempre el encargo de ir en su lugar a la iglesia esos dos días, recibiendo por ello una gratificación extra.

Cuando viene tía Eleonora la acompaña al teatro o a la ópera alguna vez; tres o cuatro días por semana se queda en bata, que varía por la tarde, según la estación, si es día festivo, efemérides luctuosa, cumpleaños, santos o aniversarios felices; invariablemente, la bata de la jaqueca es de color violeta. Sus flores preferidas son las lilas, las camelias blancas y las rosas de té; tiene pasión por las perlas, y sus doncellas personales las ha preferido blancas, pálidas y de nombre inalterable: Palmira.

La abuela lleva la escenografía hasta rezar con un rosario de ónix y velo negro de Chantilly, y en mayo con un rosario de nácar con velo de encaje de Bruselas, color marfil. Su perfume es leve, una mezcla de jazmín y lavanda.

El sol es su temible enemigo personal, nunca ha salido sin guantes, sombrero y sombrilla en verano. Lee novelas del siglo XIX, presume de conocer a los clásicos, tiene en su mesilla un libro sobre el lenguaje de las flores y el arte del abanico y, sin duda, también otros que no declara. Hace años se apasionaba con los novelones de la radio, originales de Sautier Casaseca, protagonizados por la muy intensa Matilde Vilariño.

La abuela ha tenido algunas amigas, no muchas, y continúa yendo a alguna fiesta, únicamente por el gusto de vestirse con sus galas nocturnas y escuchar algunos galanteos, algunos piropos, que nunca le han faltado hasta ahora.

Ella es extraña, inteligente, sutil, de ágil lenguaje, algo anticuado, salpicado adrede de italiano, lo que le cuesta si lleva meses sin pisar Nápoles.

Es una señora guapa, lo ha sido muchísimo, y conserva intacto el porte, el físico vertical, un algo intemporal, como si no fuera totalmente de carne y hueso. Posee en su vejez toda su feminidad: el pelo, antes rubio ceniza, es ahora blanco un poco dorado; la piel transparente, los ojos grises, enormes, aún vivos; la boca fina, pero no dura, ni frígida; el cuello largo; las manos, de una fragilidad extraordinaria; los pies delgados, la cintura estrecha. El carácter terco, voluntarioso, muy libre e independiente para alguien de su generación.

Su ambiente particular, creado por ella, le obsesiona, lo necesita como un nenúfar su propio estanque.

Se ha casado y enviudado dos veces, y sólo tuvo una única hija, mi madre. Después, su vida privada no fue ni edificante al uso ni sosa, pero siempre digna a su manera, discreta, misteriosa. La verdad es que en esto siempre ha guardado sus secretos y tabúes como parte de una panoplia necesaria, íntima, igual que sus cajones de pañuelos o sus polveras, sin los cuales sería imposible la coquetería verdadera.

Ha tenido una constante fidelidad ideológica por el viejo estilo, del que se siente un último eslabón, sin llegar a los extremos y poses de tío Pepito; parte de esa idea fija es su rechazo a todos los aparatos o adelantos técnicos, que siempre han entrado en casa con años de retraso y después de arduas conspiraciones del personal, aliado con el administrador. Considera de buen tono los coches viejos, tiene uno de hace veinte años en inmaculado estado de limpieza; Leandro la lleva de vez en cuando.

La vida y la técnica avanzan cada vez más deprisa, nuestro desfase se acelera, la diferencia entre nosotros y la actualidad se ahonda; el individualismo anacrónico cultivado por la abuela levanta más y más comentarios, asombro y descrédito. Vivimos encerrados en una burbuja, en un mundo inventado, temo que algún día el monstruo de la realidad se apodere de nosotros y nos destruya de un zarpazo; a veces siento pánico, ojalá no pase, al menos mientras viva la generación de mi abuela y de los tíos, ellos no tienen el más mínimo poder de adaptación, y sin sus pequeñas rutinas raras, de las que son tan dependientes, sin sus costumbres diferentes, se perderían, no sabrían ni quiénes son.

Sin embargo, como siempre, algo no encaja: la afición de mi abuela por los viajes organizados. Una vez al año embarca a tía Eleonora y a su Palmira de turno para irse por ahí. Compran esos paquetes turísticos de las agencias; mi abuela va guardando durante meses innumerables catálogos, y escoge los itinerarios de título más rimbombante. Los del tipo «El Danubio, corazón de la Vieja Europa», «Los secretos del Rin», «El romántico misterio del Orient-Express», «El sol de medianoche, los mares del Norte, las brumas de la Sirenita», «Templos de la jungla, estremecedoras joyas asiáticas», «San Petersburgo, blanco esplendor de los zares», o «Fin de Año, valses en la Viena imperial» le entusiasman. Se marchan las tres a hacer colas, con su inadecuado y desmesurado equipaje, causa del rencor de los mozos de hotel. Por suerte, tía Eleonora da buenas propinas, porque la abuela a veces se despista y aplica las normas de los años cuarenta.

Una vez, para colmo de disparates, se apuntaron a un terrible tour en autobús, de esos que en diez días te llevan a otros tantos sitios y a cuatro países distintos. Cada noche dormían en un hotel diferente, un continuo abrir y cerrar de maletas, sube y baja, traqueteo maratoniano, somerísimas vistas de las bellezas famosas por parte de un perdido y desgraciadísimo rebaño humano. Volvieron molidas, y el autobús quedó absolutamente descartado.

Otra manía de la abuela es su gusto por esas cafeterías de los sesenta, ya pasadas de moda, que proliferaron en la Gran Vía, de potentes neones verdosos, sillas de skai, exóticas plantas artificiales y nombre oriental, donde te sirven postres enormes, monumentos de nata con siropes de colorines, coronados de guindas y sombrillas de papel. Suele ir, a las que quedan, una vez por semana, yo la acompaño bastante, me divierte su aparatosa entrada, vestida con sus sastres impecables, sus guantes, perlas, sombrero y hasta pieles; luego vuelve a casa muy satisfecha, y al entrar la encuentra maravillosa, elegante, cuidada; es su forma de disfrutar del contraste.

También adora las tiendas de regalos *kitsch*, donde se vende el reloj delfín de porcelana blanca y dorada con candelabros a juego, la carroza de cristal soplado que es además caja de música, el jardín japonés en miniatura, encerrado en una pecera con su puente, árboles, río, pequeña cascada y balaustrada para contemplar el atardecer a la manera de madame Butterfly. Según la abuela, los mayores prodigios de estos objetos, producto de la desbordante fantasía elemental y el amor por la opulencia lujosa, se encuentran en las fábricas de cristal de la isla de Murano o en las tiendas de regalos y orfebrería de la grandiosa galería Umberto I de Nápoles.

Para mi educación ha preferido quizá lo superficial y formal a lo más profundo; aparte de algunos valores fundamentales para ella, es muy liberal y respetuosa, y no le gusta ser salvadora de almas, ni cuando las tiene en sus manos.

3

NÁPOLES PRIMERO

Tenía alrededor de ocho años la primera vez que me llevaron a Nápoles, un inolvidable mes de setiembre. Luego volví a los nueve, a los once y a los doce años. Más tarde, por alguna razón, la abuela prefería ir allí en épocas imposibles para mis estudios, y a pesar de tanto como se lo pedí, incluso a cambio de todos mis regalos juntos de Navidad, santo y cumpleaños, aun empleando toda mi constancia y terquedad, no volvió a llevarme.

En mi vida, Nápoles fue un acontecimiento sensacional; primero, la gran excitación del viaje; luego, la ciudad que descubrí deslumbrada. Una gran dosis de imágenes prodigiosas forman parte de mí desde entonces, es el Nápoles visto por la fantasía inmaculada de una niña. Mi Nápoles creció conmigo y yo lo deformé, aún más maravilloso.

Ni antes ni ahora nunca he tenido la sensación de ir a un mundo extraño: la gente de la calle, el ruido y el ritmo de la vida se parecen a los nuestros de todos los días en España, pero más exagerados y exuberantes, más azules y con menos horas de luz.

Los preparativos del viaje en Madrid eran complicadísimos, lo que aumentaba todavía más mi agitación. Nueve días antes se amontonaban en la entrada gran cantidad de maletas de piel, baúles-armario, sombrereras y bolsos de viaje, todos ellos anticuadísimos, marcados con iniciales y pequeñísimas coronas.

La abuela siempre ha encargado sus maletas a su zapatero-guarnicionero, según un modelo fuera de la circulación desde los años cincuenta por lo menos; luego había que envejecerlas, una de las tareas intransferibles de Leonardo, que se las llevaba para recados muy peregrinos por Madrid con el fin de usarlas y hacerlas perder ese lustre flamante que mi abuela consideraba ordinarísimo.

Primero tomábamos el avión para Roma; en los aeropuertos, hoteles y estaciones causábamos sensación por la enormidad de nuestros bultos, los trajes de viaje de clásico estilo británico de mi abuela y de tía Eleonora, más Palmira, mi institutriz y yo, es decir todo un séquito. Hasta llevábamos sombrereras gruesas perforadas para transportar a los loros que tía Eleonora ha necesitado siempre para ambientarse; así conseguía burlar todas las vigilancias aduaneras, entonces menos infalibles, pues cuando la descubrían dentro del avión ya era tarde. A los loros les atábamos un lazo en el pico para evitar que armaran demasiado jaleo, pero aun así se las arreglaban para hacer algo de ruido. Por culpa de los loros, tía Eleonora no va ahora por Nápoles: siempre se han quedado allí dos o tres meses, y no soporta tan largo tiempo sin la escandalera de sus bichos queridos. Los tres carlinos, fieras diminutas, no nos acompañaban, ya que de por sí tienen un horrible carácter y la menor perturbación los pone insoportables.

Yo pasaba en aquellos momentos muchísima vergüenza, porque sabía muy bien que estábamos haciendo un enorme ridículo, y me daban envidia todas las niñas normales que veía a mi alrededor. Cuando crecí un poco ya no me importó; fue una pequeña victoria, una sensación de libertad. La indiferencia ante el asombro, la desaprobación ajena e incluso el franco carcajeo me parecen un gran progreso, prueba de madura serenidad.

En Roma nos quedábamos dos o tres días en esos aparatosos hoteles de la via Véneto, y otra vez fuimos al muy exclusivo y serio hotel Hassler, en la Trinitá dei Monti; en esa ocasión, a mi abuela debió de convenirle demostrar toda su acreditada elegancia.

Íbamos a hacer visitas turísticas, y siempre una maravillosa a las ruinas del Coliseo y los foros en *carrozzella* de caballos. Y también de compras al Corso y a la via Condotti y de visita a las casas, algunas fantásticas, de parientes y amigos.

Después de la guerra, mucha gente había emigrado de Nápoles a Roma. Yo, aunque no tomaba parte en muchos programas de los mayores, me sentía importante, impresionadísima por estar viajando, por la magnífica grandiosidad dorada, roja y rosa de Roma y también por la pomposa vida de hotel italiana, entonces mucho más ceremoniosa. Me encantaba la profusión de enormes campanas plateadas sobre los platos, las mesas rodantes, los solemnes uniformes de entorchados que vestían los empleados. En la calle admiraba a los sensacionales *carabinieri*, tan altos, tan llamativos, de absoluta y marcial satisfacción.

De Roma íbamos a Nápoles en tren; la impedimenta aumentaba algo y los loros viajaban en jaula. El tren recorría un paisaje bajo, agradable y variado, de mucha vegetación, arboledas, parras y distintos cultivos. Atravesábamos un llano próximo al mar que se encendía al atardecer; después, cuando he vuelto en verano, siempre recuerdo la novela *El llano en llamas*: el cielo rojo se repite en el agua, se borran las fronteras y te envuelve totalmente, como un gran incendio. Más lejos vi los primeros rebaños de búfalas, un animal que tiene todas mis simpatías pues con su leche se hace uno de los más deliciosos manjares, prodigio de crujiente frescura blanca: la mozzarella; entre todas, la mejor es la mozzarella bolito, que nunca faltaba en casa, como el verdoso aceite grueso o los muy olorosos tomates.

Llegábamos a la estación central Garibaldi, uno de esos grandes templos ferroviarios decimonónicos, colosales ogros, que han rodeado los viajes de un conveniente esplendor estatal y reducen el ánimo del viajero primerizo hasta darle una sensación de desvalimiento muy oportuna, pues despierta los sentidos y predispone al descubrimiento.

Allí en el andén nos esperaba, dominante, la silueta vertical e imponente de tío Pepito y sus dos acólitos. Tío Pepito parecía reinar sobre todo cuando le vi por primera vez, tieso, de gris marengo, erguido e inmóvil, en actitud de pasar revista a un batallón.

Nunca nos instalamos en el palazzo Altáquila de via Nilo, a pesar de ser la cuna de la familia de mi abuela y residencia de su hermano. Nuestra casa estaba en Chiaia, el barrio elegante por excelencia de la ciudad, en la piazza Vittoria, sobre la Villa Communale y el mar. Era un primer piso principal, parte de un *palazzo* dividido, de finales del siglo XVIII o (según las malas lenguas) principios del siglo XIX.

Construido en puro estilo neoclásico y de ese color rojizo sepia presente en casi todas las fachadas, el interior era muy pompeyano, lleno de finura y equilibrio; los salones tenían vistas a los preciosos jardines, a la espléndida bahía, y estaban inundados de luz, de azul, de panorama maravilloso. La casa provenía de la familia D'Accaro y era en realidad de mi propiedad. El palacio se había repartido entre varios parientes míos y mi abuela tuvo que recurrir a pleitos complicados para recuperarlo, por lo cual no teníamos una estrecha relación con el resto de los habitantes del inmueble, con quienes nos limitábamos a intercambiar correctos saludos; mi abuela y la tía Eleonora hacían o recibían alguna visita algo tensa, para mantener unas apariencias juzgadas necesarias.

Sobre la portada y en el interior de nuestro piso estaban las armas de los D'Accaro, que aparecían en la decoración siempre muy discretamente: la cola de una sirena, retorcida en círculo, formando una especie de nudo que sostiene un corazón; según la versión que he preferido creer se trata de un númen mitológico afortunado. Los condes D'Accaro son una familia antigua, alcanzaron gran distinción, prosperidad y rango nobiliario en el siglo XVIII, con los Borbones típicamente napolitanos, a diferencia de los Dávalos de Osorio, mi familia materna, que representan la nobleza feudal, española, histórica y algo legendaria.

La casa me parecía preciosa: todos los techos pintados al fresco, con delicados motivos; las paredes recubiertas de los característicos papeles pintados de la época; los suelos de mármoles de colores o de pasta de porcelana, en los que se repetía el mismo tipo de dibujo, así como las galerías de las cortinas, las telas y tapicerías en exacta armonía. La abuela había redecorado la casa, se notaba su famosa maestría; había muchos sofás sin brazos pegados a la pared, colecciones de acuarelas de vistas de la ciudad e historias de todas las impresionantes erupciones del Vesubio, muebles pintados y algún retrato de familia estilo imperio o un poco posterior de elegantes señoras con vestidos claros, moños y rizados tufos sobre las orejas. Mi abuela había respetado todos los objetos, sólo añadió otra réplica del famoso grabado del *nostro condottiero*, que colocó en un lugar principal de nuestro pequeño salón-gabinete. El piso de piazza Vittoria era un paraíso de alegría, gran luminosidad y comodidad.

Al cuidado de la casa estaba un matrimonio de nombres obvios, Gennaro y Lucía. Tío Pepito nos enviaba a Chiara, una vieja doncella, una institución para los Altáquila, que nos adoraba; había conocido a la abuela y a los tíos desde niños y estaba encantada de venir a nuestro piso unos meses. Ella lo llamaba la ventana al sol, tan diferente como era del palacio magnífico y sombrío de via Nilo.

Tío Pepito venía todos los días a almorzar, a pasar la tarde con sus hermanas, a dirigir, aprobar o trazar todos nuestros recorridos y excursiones, como el experto conocedor de la vida oculta de la ciudad que era. Nunca dejaba de reprocharnos que no viviéramos con él en su enorme palacio vacío, ya que éramos su única familia, y yo, al fin y al cabo, la única heredera de los Altáquila, y eso para él era lo principal, debía primar sobre todo lo demás. Tío Pepito consideraba una especie de traición, o por lo menos una grave infidelidad, el habernos dejado atrapar por el gran encanto de la casa de los D'Accaro, que él veía demasiado moderna a pesar de sus casi dos siglos, insípida, sin un gramo de grave grandeza española, sin penumbra, sin barroco grandioso, decadente y herido. Cuando tío Pepito emprendía su arenga, la abuela cambiaba de conversación, o le replicaba; recuerdo sus palabras: «Mira, Pepito, la vida da muchas vueltas, tú aún puedes dejarte seducir por una Dulcinea y nos traes una camada de sobrinos, además nos es necesario estar aquí, es parte de la herencia de la niña, hay que velar por esto, no podemos renunciar, le causaríamos un perjuicio a Isabelita. Tú eres hombre tirano y difícil, en tu casa te organizaríamos un revuelo indeseable, es lo mejor para todos.

»Eleonora está acostumbrada a nosotras, entre mujeres es más fácil, y tú detestas sus loros, su afición por la algarabía constante y hasta sus inevitables discos de coplas a todo volumen, eres muy generoso al prestarnos a Chiara, eso ya nos acerca a la infancia, a los queridos rincones de la via Nilo, aunque no vivamos allí realmente».

Pero tío Pepito no se convencía: «En el fondo, Isabel –le decía–, eres bastante cateta y te has dejado influir por los viejos temores vulgares de las tatas, te has creído la patraña del maleficio *gettattore* del *nostro condottiero*. A pesar de todo tu exquisito *savoir vivre*, lo bien que te vistes y lo muy *chic* que siempre estás en público, tienes una alma dudosa, populachera, demasiado de la calle».

La abuela le daba la razón: «Pues sí, Pepito, a mucha honra, con mis años me emociono, disfruto, me paseo, me asombro, curioseo y no estoy encerrada en esa especie de torre de marfil aburrida y rígida que tú llamas "una alma aristocrática cabal", no se cómo has conseguido no contaminarte tú, tantas horas como hemos pasado con el servicio o con las institutrices extranjeras de clase media y viendo tan poquísimo a los muy distinguidos y espectrales príncipes que han sido nuestros padres».

Tío Pepito dio un respingo y los dos, voluntariamente, pasaron a otro tema; no querían distanciarse ni ahondar el abismo de las diferencias, pues siempre se han necesitado y se han querido.

Tío Pepito era un caso, ya lo he dicho; cuando lo conocí debía de tener poco más de sesenta años y todavía gran apostura física, una pinta estudiadamente vetusta que le iba muy bien. El menor de sus gestos, la manera de andar, la voz, impresionaban. Su pelo era muy canoso y sus ojos grises como los de todos los Dávalos. Era el hermano menor y, al ser el único varón, había sido tratado como una especie de reliquia por toda la familia, entonces numerosa, pero sin ninguna otra esperanza de continuidad masculina, le que lo dotó de un feroz egocentrismo que nunca ha decaído. Inteligente y sensible, captó, asimiló desde niño los mínimos detalles de una vida, de un escenario caducos, destinados a desaparecer en seguida; él los capturó, los registró con una fidelidad microscópica, quiso convertirse en el dueño, guardián final del tesoro de la memoria familiar, de las viejas maneras propias de un antiguo círculo cortesano que había resistido incólume muchos siglos, guerras y cambios de dinastía, como una ancestral cohorte, columna vertebral impulsora de su antiquísima ciudad.

Tío Pepito era caprichoso, minucioso y excéntrico, su persona encarnaba para una clase de napolitanos al árbitro social, el sumo sacerdote depositario de extinguidos saberes; él disfrutaba mucho ejerciendo su papel, utilizando su mala lengua despiadada y hasta inventándose normas a su antojo para confundir si le convenía; su poder en este terreno era ilimitado; como decía la abuela: «Tío Pepito es una Biblia viviente para los esnobs».

Como sus hermanas, siempre sintió aversión al menor cambio en cualquier cosa, pero él, de manera absoluta y obsesiva: en algunas zonas de su palacio suprimió la electricidad, volvió a encender las lámparas y apliques con velas como en el pasado, pero al necesitar esa operación mucho personal, el resultado fue que no se abría esa parte de su casa, la más importante, salvo en momentos muy aislados.

Cuidaba su jardín conservándolo algo descuidado, un punto abandonado, pues así se preservaba el poder evocador, la melancolía, y se diferenciaba claramente del esmero lustroso característico de las revistas de decoración, lo peor para tío Pepito, el parangón de lo cursi. Al fondo de su jardín sombrío, plagado de oscuros rincones escondidos, se alzaba un pabellón barroco en ruinas, de espectaculares escaleras algo chinescas, y la vegetación enmarañada y pujante había trepado por los restos maltrechos de sus muros. La techumbre se había caído. Tío Pepito pasó años planeando una gran fiesta en sus ruinas, una exhibición extraordinaria, bajo las estrellas, de lujo refinado y decadencia inexorable.

Desde luego, tío Pepito ha vigilado, celoso, su importante colección de obras de arte. Pero también sus rincones, sus sombras, y ha logrado dar a su casa un aire de misterio especial, tremendamente denso, que hace que uno se sienta transportado a otras épocas; inquieta allí un algo extraño, una presencia de fantasmas casi tangible.

También ha guardado tío Pepito una considerable biblioteca-archivo, pacientemente ordenada desde épocas lejanas en espléndidos anaqueles de nogal del siglo XVI: muchos documentos, cartas históricas y toda la memoria, los papeles de don Diego Dávalos de Osorio, además de su famoso retrato original, atribuido a Pontormo, en un salón sanctasanctórum casi inaccesible. Ahí está el primer príncipe de Altáquila desde 1569, el gran personaje, el general del mar, el protagonista de mil hazañas, el de la azarosa y literaria vida, por quien tío Pepito sentía una reverencia casi religiosa, hasta el punto de hablar muy poco de él, pues eso suponía para tío Pepito –que decía siempre: «El máximo respeto es el secreto»– una pequeña profanación.

Tío Pepito estaba atentísimo a las costumbres cotidianas de su casa, como mi abuela, pero, más estrambótico aún, sus antiguos y poco numerosos criados conocían al dedillo e interpretaban un papel único para aquella casa, que era a la vez un teatro continuo.

Otro de los gustos de tío Pepito eran los santos. Tenía una colección importante y los ponía en altares cuidadosamente adornados; para celebrar sus días, les rezaba latines, les echaba incienso, muchas veces con el concurso de un viejo cura amigo suyo y otras él solo, ayudado por el hijo del jardinero, que lucía un suntuoso hábito de monaguillo. Sus hermanas participaban fascinadas, contribuían al efecto y brillo llevando sus velos de valioso encaje, sus rosarios y los breviarios magníficos que les proporcionaba tío Pepito para sus particulares ceremonias. Los días importantes como Santiago y San José la celebración proseguía con una recepción en la que no faltaban la música sacra ni los coros y a la que invitaba a todos sus parientes y amigos. El 25 de julio debía ajustarse a los horarios de San Giacomo degli Spagnoli; él, como era caballero, asistía a la función principal, como el todo Nápoles de origen antiguo que no estuviera de veraneo.

No sé por qué yo iba poquísimo a via Nilo, y eso que sentía por el viejo palacio, bello y siniestro, una fascinación aumentada por el miedo; influía mucho, claro, mi sentimiento por mi querido personaje. De niña nunca le confesé a tío Pepito la atracción por *nostro condottiero*, personificado en el grabado de Madrid. Tío Pepito, aun siendo cariñoso conmigo, no era nada dado a confidencias ni confianzas, las consideraba síntomas mediocres de dudoso gusto.

Una vez, tío Pepito me invitó a su casa de una forma especial, con muchas precauciones, para enseñarme el juego más mágico, únicamente por él conocido. Me citó a las siete y media, me dio una merienda tardía y luego me llevó a un patio interior acristalado con vidrieras transparentes y de colores; a esa hora, el sol caía ya, había viento, y numerosas manchas de luz inciertas, fugaces, doradas y multicolores se reflejaban en el suelo de mármol, en el agua de la fuente central. Tío Pepito cogió un bastón fino –el puño era una cabeza de león dorado– y me dio otro a mí con un delfín de plata. Para mi gran sorpresa lo desenvainó y apareció un espadín delgado. «Tú también», me ordenó. Augusto, su criado, se había sentado en un rincón, con un pupitre de mano, papel y pluma. «¡Ahora vamos a pinchar las luces!», dijo tío Pepito, y dando saltos tratábamos de ensartar las manchas que el sol agonizante hacía en el suelo y el agua, y las contábamos a gritos. Augusto, muy serio, apuntaba. El ganador era quien primero cantara el veintiuno, y había cinco turnos. El sorprendente torneo nos hizo reír muchísimo, y terminamos jadeantes, felices y mojados; yo me creía convertida en una especie de hada a quien se había conferido un nuevo poder. Fue fantástico.

Al terminar de jugar, tío Pepito me lanzó una mirada inquietante y me dijo en tono repentinamente grave:

–Los turnos de este juego maravilloso, sobrina, son de veintiuno, un singular número, a la vez múltiplo de siete y de tres. Sin embargo, nuestra familia tiene otro número clave, el veintitrés.

–¿Qué es eso de un número clave, tío Pepito?

–Eres demasiado pequeña para informarte de ciertos temas, ya lo sabrás el día de mañana. Pero te prohíbo repetirle a nadie esta pequeña revelación mía, y me refiero, sobre todo, a tu abuela y a tía Eleonora.

El cambio radical en la expresión de mi tío, minutos antes tan animado y sonriente, me desconcertó; no le pregunté nada más y sus palabras se me grabaron para siempre.

Tío Pepito tenía sus muy personales teorías y opiniones exóticas: «Aquí, en Nápoles, gusta la grandilocuencia, el aparato; a cada paso sueltan un *eccellenza, dottore, commendatore*, pues si la gente no gasta tratamientos frecuentes, se consideran individuos disminuidos, sin relaciones, ni apoyos. Hay que aventar, hinchar la importancia del otro y de paso queda uno mismo englobado. ¿Y los nombres? La rimbombancia es de buen augurio, la gente modesta prefiere para sus hijos los nombres resonantes, bélicos o regios. En mi casa tengo un mozo de comedor llamado Augusto, el jardinero Adalberto, su hijo Scipione-Cesario y yo, que soy el príncipe, Pepito. Esta tonta costumbre viene del Risorgimento; el colmo es Vittorio Emmanuele, y no me influye el resabio leal borbónico, aunque tenga en gran estima la medalla del Sitio de Gaeta y la bandera destrozada que le dieron a nuestro abuelo. Es que no falla, casi todos los Vittorio Emmanuele son culibajos, de habla untuosa y excesiva. Comprendo, que en el caso de mi administrador, la cosa tiene sus ventajas y produce su efecto, pero ¡ay! si te los encuentras en la consulta del dentista, en el asiento de al lado en el tren o en el despacho del notario. Y si intentan venderte algo, entonces ¡huye!».

Para mi educación, no se privaba de dar consejos, se los repetía, convencido y machacón a mi abuela, y ella lo escuchaba, cortés e impermeable –de sobra lo sabía yo–, lo miraba, sonreía cariñosa y por dentro se decía a sí misma: «Tú habla, habla, yo te escucho y pienso de antemano hacer lo que me dé la gana».

«Conviene que la prepares en las formas –proponía el tío–, muy a la antigua, como si fuese a ser dama de María Luisa y a tomar la almohada; debe conocer perfectamente ese ceremonial en desuso, del que ya nadie se acuerda, ni le importa; luego esas inutilidades son primordiales, se nota una manera de tenerse diferente, muy bonita. Hazme caso, Isabel, que sepa bailar los lanceros, subir la escalera derecha, la cabeza alta y sobre todo andar muy bien, para eso debe practicar mucho, incluso le conviene aprender a moverse vestida con cola larga, llevar con naturalidad la mantilla o la diadema, usar los guantes y el abanico como es debido. Todas las modas vuelven, hermana. Por supuesto, idiomas, música, historia, arte, dibujo, ballet, montar a caballo. Al final acabará en un colegio; en estos tiempos es inevitable pasar por esas instituciones colectivas, y yo odio lo que huela a colectivo, pero presérvala, por favor, hasta los doce o trece años; la primera infancia es la clave de la vida, los cimientos.»

Mi abuela y tía Eleonora coincidían con él en su negación rotunda al deporte; decía tía Eleonora: «Acuérdate, niña, nada de tenis, ni de golf, ni de esas cosas. Las muñecas se te ensancharán, te volverás menos femenina, los hombres te verán despeinada, en mala postura, y tú te acostumbrarás a aparecer así, a darte en público espectáculo, que es una vulgaridad tremenda; si quieres mantenerte flexible, gimnasia en la intimidad, querida, todas las efusiones físicas siempre en la intimidad, algunas, que son las mejores, ya las descubrirás cuando crezcas». Tío Pepito hacía algunas excepciones: caza, equitación y la esgrima para los hombres, y lo demás, nocivo por decreto unánime de los Altáquila.

Cuánto me entusiasmaban los paseos de niña por Nápoles, la vegetación extraordinaria, las palmeras majestuosas y viejas de la Villa Communale, donde jugaba a diario y que me sabía de memoria.

Normalmente salíamos en dirección a la via Parténope, seguíamos por Nazario Sauro, al borde del mar. Pasábamos por el Borgo Marinaro, los restaurantes Lungomare, los lujosos hoteles, el Castel dell'Ovo, el agua se nos metía por los ojos, la curva admirable del golfo, el Vesubio, las colinas más altas y requeteconstruidas de la ciudad. En Nápoles, el ruido te asaltaba, el tráfico, las multitudes por la calle, las bocinas, las conversaciones a gritos, los piropos voceados, los cientos de *pipistrelli* al atardecer, de algarabía y revoloteo incesantes, que suben aún más el volumen y la vibración multiplicada de la vida.

Si salíamos con ganas de andar íbamos hasta la piazza Plebiscito a rezar el avemaría a la neoclásica, elegante y cosmopolita iglesia de San Francesco di Paola, frente al palazzo Reale, luego a la opulenta y enorme galería Umberto I, a algún café, a tomar helados o un delicioso *granito*; otras veces me convidaban a un suculento *baba* en Gambrinus: decimonónico y pomposo, este antiguo café me imponía, me sentaba aún más derecha, por deferencia a aquellos anticuados lustres. Pasábamos frente al teatro San Carlo, ya los últimos veranos me llevaron al ballet, o al teatro Mercadante, a la Ópera Buffa o a alguna representación de ópera, tradicionalmente considerada ligera. Contiguo al San Carlo, en el mismo edificio estaba y está el Cìrcolo Nazionale dell'Unione, punto de reunión elegante, que se mantenía cerrado, exclusivo, aristocrático, vigilante. Era el reducto y bastión de la vieja sociedad napolitana, y mi abuela y mis tíos lo frecuentaban mucho.

Contados días conseguía que me llevaran a pasear por Spaccanapoli a ver las callejuelas surcadas de ropa tendida, las casas patricias que aparecían en perspectiva brusca y sorprendente, las viejas y oscuras iglesias barrocas, ruinosas, siempre adornadas de hierbajos y plantas trepadoras, los palacios malvividos desde siempre, por la antigua costumbre de los *bassos*, exhibiendo indecentes las cicatrices de la guerra y de los terremotos, las gastadas crucetas de madera, sostén de nobles balcones, las vacías galerías superpuestas de doble arcada, grandiosas e inútiles; las espectaculares escaleras-fachada que crean un decorado de gran efecto, pero duplican el número de escalones. A menudo, frente a una espléndida fachada palaciega se levanta otra de no menor riqueza: aunque ni una ni otra han podido apreciarse jamás, al ser de la misma época y no tener espacio posible para la visión; lo importante ha sido desplegar fasto y altanería.

La gente hacía media vida en la calle: sacaban fuera su silla y, en camiseta y con sombrero al mismo tiempo, los hombres jugaban a las cartas o charlaban, mientras las mujeres se peinaban las unas a las otras, se lavaban la cabeza o a los niños en jofainas de esmalte blanco desportilladas. Iban, venían, gesticulaban, reían, exclamaban, cantaban, lo han hecho y ¿lo harán por los siglos de los siglos? Ese movimiento perpetuo atraía, me acuerdo de andar y andar, sin cansarme nunca, distraída por tantas escenas variadas a mi alrededor. Tengo grabada la imagen del desorden, el caos, los coches zigzagueando sin parar, revueltos con autobuses, bicicletas, tranvías, incluso carromatos, nunca había semáforos. Tío Pepito me decía que, en Nápoles, un semáforo es una provocación insoportable para el ciudadano, un resto de inquisición, una inadmisible intromisión gubernamental en la vida diaria, así que uno se lanza simplemente contra el tráfico. Los coches se paran si quieren, la regla es atravesar cuando y donde le viene a uno en gana.

Algunas tardes íbamos a ver museos, esculturas y cuadros; eran visitas con miras educativas para mí y a la vez momentos de placer para la abuela y tío Pepito. Tía Eleonora las desdeñaba, pues, según ella, las obras de arte vivían tan frescas en su cabeza que la comprobación resultaba reiterativa y pedante. Recorríamos el grandioso, desierto e inacabable Capodimonte, las hileras de cuadros magníficos, sin paneles, ni explicaciones, acompañados sólo por el eco de nuestros pasos, o el inmenso palacio del Museo Nazionale, donde me fascinaban los frescos y los mosaicos prodigiosos de Pompeya, las negras estatuas de los atletas, el gigantesco toro y el terrible Atlante

Farnese; atravesábamos varios grandes vestíbulos vacíos que nos preparaban para encontrarnos, cara a cara, con la antigüedad: allí estaban las vitrinas con pequeñas cabezas de león esculpidas, de la época del rey Fernando IV, que encerraban tesoros, objetos esparcidos sabiamente. En los patios se amontonaban entre la vegetación, sin orden ni concierto, trozos de columnas, piernas, capiteles, torsos, cabezas, pilas, fuentes, inscripciones y sarcófagos. Era maravilloso, un testimonio de pasado excesivo, dejado allí, abandonado, mutilado, lleno de grandeza.

Otras veces visitábamos iglesias por sus cuadros o por sus estatuas: los Caravaggio de la entonces agonizante iglesia del Pio Monte de la Misericordia, el Gesú Nuovo o el famoso Cristo velado de los príncipes Sanseverino, y las historias siniestras de aquel extraño Raimondo di Sangro, príncipe San Severo, me producían pesadillas. Subíamos las altas pendientes hasta la cartuja de San Martino en un funicular que siempre iba atestado; estábamos tan cerca de las caras casi siempre morenas, intensas, bellas muchas veces, algo velludas, tan cerca de las miradas y los pendientes de coral, que mi abuela y yo nos sumergíamos en la vitalidad envolvente.

En la via Duomo abundaban las tiendas de trajes de novia, pasteles de tul fabulosos, delirios románticos, la Sissí emperatriz del cine era a su lado una discreta pobretona. ¡Deslumbrantes maniquíes de escaparate!

Recuerdo un cortejo de primera comunión. La niña era ya crecida y algo bigotuda y llevaba un suntuoso traje de princesa –hada– vienesa (comparado con el mío, de sosería desesperante); la comulgante daba el brazo a un jovencito (el hermano mayor), mientras otro niño le sostenía la cola, y detrás los seguían, emparejados y en fila, el resto de la familia con aire satisfecho y grave.

Otros días nos quedábamos en nuestro elegante barrio, pasábamos frente a las casas-palacio dieciochescas –precedidas a menudo de bonitos jardines rectangulares–, tomábamos una deliciosa merienda en Kafish o entrábamos en los anticuarios de la via Morelli, donde la abuela y tía Eleonora rebuscaban, siempre incansables, objetos, vajillas, dibujos.

A los once años, un día que tía Eleonora y mi abuela salían a un concierto, yo pedí permiso para ir por la tarde a via Nilo. Augusto, el criado, me había prometido un *baba* especial, mi dulce preferido. Tenía la intención de explorar a mis anchas el jardín secreto, la esperanza de recorrer toda la casa sola y, sobre todo, de descubrir el retrato del *condottiero*; nunca me lo habían enseñado, y yo no me atrevía a pedírselo a tío Pepito, y la abuela y tía Eleonora cambiaban de conversación si yo sacaba el tema en Nápoles, ya que en Madrid no era lo mismo. Una vez más se eludió la cuestión: «Otro día, Isabelita», y me mandaron a una merienda a casa de unos niños vagamente parientes, pero yo estaba firmemente decidida. Me dejé vestir dócilmente, peinar, rizar, ponerme los zapatos blancos de botón, hacerme el lazo, abrocharme el collar de cuentas de ámbar y, muy resuelta interiormente a desobedecer, me escapé de Marie-Ange, mi institutriz, al volver una esquina, y salí corriendo como un rayo. Yo sabía que Chiara iba a esa hora a via Nilo, y la seguí. «Cuando llegue –pensaba–, rogaré, reuniré todo mi encanto y convenceré a Augusto.» Al fin y al cabo, yo era su debilidad.

Chiara tenía la costumbre de andar mucho. Pero ¿y si tomaba el autobús? Era una distancia larga, y yo no tenía dinero; se reducían las posibilidades. Para mi desgracia, Chiara se decidió por el autobús, y cuando estaba esperando en la parada, aunque yo me escondí muy bien, no sé cómo me cazó.

–¿Qué haces tú aquí, *bambina cattiva*? Has tenido el valor de *scappare* a la *chetichella. Poverella signorina* Ange! Debe de estar *disperata* buscándote. Así que irías sí o sí a la via Nilo. ¡Ya salieron los príncipes *testardos*!

–Por favor, Chiara –le supliqué–, llévame, me ha invitado Augusto, me ha hecho un *baba,* y yo tengo tantas ganas de ver la casa... Nunca me dejan; no lo dicen, pero me lo tienen prohibido, no sé por qué. Tú conociste a los abuelos, ésa es la casa de mi familia y yo no puedo ir, soy la única.

–*Pazza bambina*, tú no tienes edad de saber muchas cosas, yo he pasado casi todos mis años con tu familia. Los secretos, por más guardados y profundos que estén, acaban contagiándose de algún modo, atraviesan las paredes. Ahora tenemos que volver, la *poverella signorina* Ange estará bien histérica, ella necesita el empleo, tú no comprendes nada de la vida, *principessina*. ¡A casa ahora mismo!

Yo iba llorosa, había fracasado, cargaría con un castigo inútilmente y, lo peor, se desvanecían por completo las posibilidades de otra intentona.

Todo pasó como yo temía: un día entero encerrada en un cuarto vacío y oscuro, contiguo a la despensa. Chiara me dio la merienda a escondidas y al verme tan triste, me hizo una promesa para aliviarme:

–Cuando seas una mujer (si no sabes lo que significa, lo sabrás pronto) y vuelvas aquí otro verano, entonces tú me lo dices, no se te ocurra engañarme, yo soy una vieja muy lista y lo averiguaré. Prometo que entonces te contaré la historia del maleficio de don Diego, pero júrame por la santa Madonna que ni una palabra a nadie; si no lo cumples, lo sentirás. Piensa una cosa, *principessina*: tu abuela y la *principessa* Eleonora quieren protegerte, tú eres la luz de sus ojos.

Volví otra vez a Nápoles el verano de mis doce años y medio. Al cabo de unos cuantos días busqué a Chiara a solas; la pobre tenía bastante mala cara, andaba enferma y cansada, yo había notado bien la preocupación y contrariedad de la abuela cuando la saludó.

–Chiara –le dije–, ¿te acuerdas de tu promesa de hace más de un año? Ya me lo puedes contar todo, ya soy una mujer, Chiara.

–¿Y tú has sabido estar con la boca cerrada, como la vieja Chiara te mandó?

–Sí, te lo juro, a nadie, ni una sola palabra –dije yo besando mi medalla.

–Bueno –contestó Chiara, pensativa–, cuando pasen tres días me buscas al anochecer y te lo contaré enfrente del grabado de don Diego, como convine. Pero yo no me fío de ti, princesita, ¿qué significa ser mujer?, quiero comprobar que no me intentas engañar... Había una vieja copla que cantaba Caridad, la vieja doncella andaluza de tu tía, la *principessa* Eleonora, pero hace tanto que ella se murió... Era una copla muy graciosa; tú, claro, no la habrás oído nunca, es imposible.

–«Toma finura, se revuelve la asaúra, hermosura, falda oscura y geranios en la enagua, y violeta en las ojeras, y jazmín en el semblante, y el canario está distante, y cuando pasan tres días, alegría, sabanitas a lavarse y a cocer, y luego vuelta otra vez, que ésta es la primera pesadumbre en la mujer.»

–¡Por la santa Madonna, si se lo sabe! Eres el demonio, si tú eras una pulga cuando Caridad...

–Siempre he tenido tanta memoria –exageré– que me acuerdo de muchas cosas de antes de andar.

–¡Será rara la niña! La verdad, rara lo has sido siempre, desde que viniste al mundo, tan preciosa...

–Anda, Chiara, como te he cantado la copla de Caridad, perdóname los tres días y esta misma noche dime el secreto de don Diego. ¡Sé buena, por favor!

–Nada de nada, tú serás *testarda*, pero yo más. Tres días tendrás que esperar, como ordena la vieja Chiara.

Yo siempre he sido aniñada físicamente, nada precoz en el desarrollo físico, así que naturalmente estaba mintiendo; así pues, los tres días le sirvieron a Chiara para descubrir mi embuste.

Vino a buscarme poniendo cara de ofendida.

–Así que quería engañarme la *cattiva principessa*. Sigues siendo una niña y bien lo pareces. A esperar, corazón mío, en tu próximo viaje, a lo mejor tu Chiara puede complacerte.

–¿Y si no estoy aquí, me juras que me escribirás una carta o me lo contarás por teléfono? –supliqué.

–¡Nada de eso, ni pensar en escribirlo! Tú eres un mico para poner conferencias internacionales; además, las cosas de misterio, las cosas de importancia como ésta, son para decirlas a la cara, en el sitio que se debe.

¡Desilusión otra vez! Esa desilusión sólo servía para avivar mi curiosidad, para agrandarme la obsesión hacia don Diego.

(No volví a Nápoles en mi niñez, ni en mi primera juventud; me mandaban a Francia, a Inglaterra, o la abuela y tía Eleonora viajaban allí en pleno curso escolar y yo estudiaba ya en serio.)

Dos años más tarde la pobre Chiara murió. Fue una pena grande en casa. Chiara, fiel y querido testigo de los Altáquila, se llevó a la tumba mi historia prometida.

4

VEINTITRÉS AÑOS

Era abril, ya hacía varios meses que me había licenciado en historia. En cuanto acabé, hice un solemne comunicado en nuestra casa de la calle del León: tenía decidida mi tesis doctoral, la vida de don Diego, nuestro antepasado, y como era lógico, debía pasar en Nápoles aproximadamente un año, investigando documentación, reuniendo datos. Las circunstancias, además, eran facilísimas para mí. Les dije que comprendía cuánto nos íbamos a echar de menos, y también que aunque mi elección podía ser considerada en el mundo universitario como un intento de querer aprovechar al máximo algunas ventajas de nacimiento y ponerlas en evidencia, aun así se trataba para mí de una íntima y antigua vocación, que incluso había sido la razón que me impulsó a elegir los estudios y a especializarme en historia moderna.

Tío Pepito, a quien llamé, se ofreció encantado a ayudarme, pero no me invitó a albergarme en su inmenso palacio de via

Nilo; me dejó pasmada, era el mismo palacio que yo estaba destinada a heredar.

La abuela y tía Eleonora me convidaron a un viaje en barco por los mares del Norte para premiar el fin de mi carrera. Fue muy cariñoso, pues ellas siempre habían desaprobado mi paso por la universidad. Las dos, ya lo he dicho, sienten innata desconfianza por las instituciones colectivas, y prefieren tener una cultura autodidacta, más desordenada, libre; en el fondo, son unas anarquistas, defienden con uñas y dientes su condición de personas marginales. Desde luego me dejé tentar, fue un viaje encantador: las tres y Palmira, algo menos rubia que sus predecesoras.

El viaje era el típico itinerario por los países bálticos y escandinavos, un plan organizado, con título pomposo, estilo technicolor, al gusto de la abuela: «Periplo de Desirée». La verdad es que había algunas cenas falsamente aparatosas, poco elegantes, pero nosotras estábamos de muy buen humor. En el viaje conocimos a una señora catalana, siempre bien vestida, con trajes sobrios de colores lisos y fuertes, peinados geométricos y unos simples brillantes redondos como pendientes; toda ella era puro diseño. Se llama Anita Allví, es simpática y vital. La abuela, tía Eleonora y Anita tenían amigos comunes e intimaron en seguida. Anita es una entusiasta del arte contemporáneo, de la artesanía local, de las costumbres autóctonas, en una palabra de la antropología. Sobre todo, le gusta tomarse sus copas y pasárselo lo mejor posible, es bastante melómana, propietaria de un palco en el Liceo, alegre y fotógrafa incansable, tiene una notable coquetería domesticada.

Anita nos hablaba mucho de un sobrino suyo, un tal Pablo Castell, que conoceríamos cuando llegáramos a Estocolmo, al final del crucero, y de aquel viaje de Desirée. La antigua mademoiselle Clary acabó en el palacio Real y nosotras en un buen hotel de la preciosa ciudad escandinava. Ese Pablo Castell estaba haciendo prácticas en una empresa sueca. Anita nos ponía a su sobrino por las nubes, cada vez más altas; estaba convencida de que yo le iba a encantar, y por lo visto, mi opinión carecía de importancia. ¿Cómo iba yo a ponerle algún pero a su mirlo blanquísimo? Tía Eleonora decía: «Anita se ha empeñado en repetir aquel idilio de españoles en Suecia, el de los duques de Cádiz; hasta ha intrigado para conseguir cena en la embajada, por aquello de revivir los escenarios propicios».

Nuestra catalana iba poniéndose machacona con el sobrinito, y también a él le daba la matraca por el teléfono móvil, así que el chico se olió la tostada y se esfumó. Tuvimos cena en la embajada, Anita compuesta y sin sobrino. Tía Eleonora, la abuela y yo, muy divertidas. A las tres nos cayó mejor Pablo por desaparecer; la pobre Anita, a fuerza de insistencia, nos había hecho tomarle manía de antemano. Yo ligué en la embajada con un pálido y atractivo sueco, muy culto y agradable, que me recomendó unos cursos en la Universidad de Cambridge sobre la influencia de Palladio en la arquitectura inglesa; aunque no tenía nada que ver con lo mío, yo decidí diversificarme, como mi abuela y tía Eleonora siempre me habían recomendado. Además, así evitaría el encuentro en los meses siguientes con Pablo Castell, pues Anita había resuelto rematar su fallida operación por tierra, mar o aire.

La abuela y tía Eleonora me hicieron prometerles que pasaría con ellas el invierno en Madrid y esperaría a la primavera siguiente para irme a Nápoles, ya que ésa es la época propicia para iniciar los ciclos de la vida. No quise llevarles la contraria en sus mitologías y acepté, un poco emocionada. ¡Les costaba tanto separarse de mí! A mi vuelta de Inglaterra, la abuela me anunció que había alquilado nuestra casa de piazza Vittoria por varios años a un señor impecable, vagamente conocido, seguro y nada pariente, para colmo de perfecciones. Nuestra situación económica, sin ser alarmante, no era tan fácil como antes, los gastos aumentaban, y ésa había sido la solución providencial. El resultado para mí era malo, tampoco tendría para acogerme en Nápoles el querido piso de la riviera de Chiaia. Saqué mis conclusiones: seguramente, la abuela había unido a otras razones la secreta esperanza de hacerme desistir de mi propósito.

Me guardé las protestas, pero estaba absolutamente convencida, lo tenía bien claro, nada iba a impedirme descubrir hasta el final el misterio de don Diego.

En el mes de octubre volvió mi amiga Lola Cienfuegos; hacía bastante tiempo que no nos veíamos. Yo tenía ganas de estar una tarde con ella, me divierte mucho su conversación fresca, desinhibida, descosida, frivolísima, sutil. Lola nació en Caracas, y después los negocios trajeron a su familia a España; es una chica femenina y caribeña al máximo, de enormes ojos color miel y un precioso pelo tirando a caoba, está llena de naturalidad, coquetería y optimismo. Sus cualidades principales son una gracia sin pretensiones, un punto de vista original y una indiscutible y certera capacidad de resumen. Lola ha convertido su pasión por las vajillas de porcelana en un próspero medio de vida; tiene tiendas muy elegantes en Madrid, Nueva York y Palm Beach. Su otra pasión es la vida social, y colecciona cócteles, nombres, cenas y *week ends*; siempre conoce los últimos tics sofisticados para estar a la última moda. Decidimos tomar un té en el Ritz, así nos pondríamos al día sobre nuestras mutuas existencias. Lola es algo mayor que yo, pero ya le ha dado tiempo a divorciarse. Entonces estaba muy enamorada de un atractivísimo centroamericano de ojos achinados, temperamento tropical, buena posición y sombreros de panamá con cinta oscura, excelente bailarín, además, al estilo de los años cuarenta y cincuenta. El señor hace ya tiempo que disfruta de una irresistible madurez otoñal.

Estaba enfrascada en mi charla con Lola, que me explicaba lo bien que había hecho en estudiar, pues los intelectuales, según ella, están cada vez más en alza, como los *vernissages* de exposiciones, los actos culturales, las óperas y los eventos de los museos. En esos sitios, me contaba, se ven más caras importantes, más *bodyguards* y más *tailleurs* de Valentino que en las clásicas cenas y fiestas sociales. Entonces una pareja pasó a nuestro lado, y de pronto Lola se levantó como si el asiento tuviera un resorte.

–¡María, cuánto tiempo sin verte! Dime ahora mismo quién es este cañón que paseas: ¿tu gran amor?, ¿un pequeño entretenimiento repentino, un capricho sexual pasajero... o simplemente *él*?

Lola siempre va directa al grano; como viaja mucho, vive de

prisa, no quiere perder el tiempo en malos entendidos y le interesa estar informada de la vida en general de sus tres ciudades habituales. Puede llegar a ser un pistolero del Oeste verbal.

Lola siguió hablando un ratito con esa María a quien ya no conocía hasta que cayó en la cuenta y nos presentó.

–María Solano, mi gran amiga Isabel d'Accaro.

Y se volvió hacia el chico, quien él mismo dio su nombre:

–Pablo Castell.

¡Vaya! Era, en persona, el sobrino de Anita Allví, el causante, en parte, de mi curso en Cambridge, donde me fui por negarme a conocerlo, y llego a Madrid y en una de mis primeras salidas me doy de cara con él.

–¿Isabelita d'Accaro? Me ha hablado de ti mi tía Anita, estuvisteis juntas en junio en un crucero. Desde entonces está decidida a presentarnos.

–Y nosotros, hasta ahora, le hemos llevado la contraria divinamente.

Pablo se rió.

–Cuando tía Anita se pone pesada, excita al máximo mi rebeldía, antes de pensarlo, huyo. Oye, tiene razón tía Anita, eres guapísima.

Yo me sentí un poco violenta por María Solano y hasta debí de ruborizarme. Lola intervino con desparpajo y velocidad para poner las cosas en claro.

–¡Ay! Isabelita se pone colorada, la pobre palomita anticuada, no pasa nada, María me ha dicho que es un ex.

Yo sólo podía emitir unas tosecillas.

Pablo se despidió.

–A ver si nos vemos ahora que la casualidad nos ha unido, de otra manera hubiera sido imposible. Te llamaré.

–Si no tienes mi teléfono –contesté yo tontamente.

–¡Qué difícil va a ser conseguirlo! –Pablo se rió otra vez.

Yo estaba enfadada conmigo misma, había salido poco airosa, casi ni había podido observarlo, con la facilidad y la práctica que tengo yo para eso. Pablo me pareció bien, hubo un contacto fugaz, agradable, positivo.

Cuando lo conté en casa, les hizo muchísima gracia.

–¿Así que no está mal el famoso Pablo Castell? –me preguntó la abuela.

–Abuela, ni lo sé, no me ha dado tiempo a verlo, me quedé tan atónita por el encontronazo después de tanta historia en Estocolmo...

–Isabelita –dijo tía Eleonora–, me sé de memoria el currículum, te lo voy a recitar, cito textualmente a Anita Allví, voy a imitar su acento para ponerte en situación: «Es un chico fantástico, hay pocos así, de familia estupenda, muy conocida en Cataluña, banqueros de hace ya tres generaciones y de gran fortuna, conservada sin merma hasta el día de hoy. Gran prestigio en Barcelona, antigua casa, obras de arte. La madre viene de otra familia tradicional valenciana, los Vicó, ya muy instalados en Madrid, gente muy católica, muy influyente en el mundo de los grandes negocios industriales. Pablo tiene un único hermano, de unos treinta años; ha estudiado ICADE y Administración de Empresas en Harvard, luego ha pasado por la London School of Economics, ha hecho un máster en Alemania, otro en Japón y unas prácticas en Suecia, todo muy brillantemente. Ahora tiene un puesto importante y muy bien pagado en una empresa propiedad de un Vicó, donde, por supuesto, están encantados de poder contar con él. Es un buen deportista, juega al golf en Puerta de Hierro, hace vela en Mallorca, participa en regatas con el barco familiar, le gustan las motos, la caza, es guapo, atlético, mide un metro y ochenta y dos centímetros, pelo y ojos castaños, baila bien, por supuesto habla cuatro idiomas. Y tiene mucho éxito con las mujeres. Posee piso de soltero en Madrid, ya le han regalado su primer dibujo de Picasso y su segundo coche, más fácil de aparcar. Es normal, sano, buen chico, simpático, soltero, sin hijos. Lo que se dice un valor sólido.

–Absolutamente lo contrario a nosotras –concluyó la abuela, que había escuchado sin interrumpir la larguísima perorata de tía Eleonora.

–Pablo no me ha caído nada mal, pero estoy absolutamente de acuerdo contigo, abuela. ¡Todo lo nuestro es tan opuesto a su mundo! Y nosotras nos hemos empeñado siempre en no cambiar, en no perder nuestro aire propio.

–Por mí, Isabelita, haz lo que quieras, pero si te divierte, sal con él, sin crearte ideas en contra para empezar, o si no, mejor no lo veas en absoluto –me aconsejó con razón tía Eleonora.

Al día siguiente llamó Pablo. ¡Oh, prodigio!: su tía Anita tenía nuestro teléfono. Quedamos dos días más tarde para almorzar e ir a una exposición; lo de las exposiciones no había entrado en la completísima descripción de Pablo, debía de ser asesoramiento de Anita, que me tenía por muy culta. No sabía yo la conveniencia que nuestra amiga Anita veía en relacionarme a mí con su sobrino; yo dudaba, de si mi persona, a la larga, podría aportarle algo que fuera valorado seriamente por ella y su entorno... a no ser que Pablo tuviese entonces una relación poco deseable y su tía quisiera boicotearla.

Vi a Pablo ese día y muchos otros, nos caímos bien: no era el autosatisfecho que yo esperaba, nos reíamos, nos sentíamos sorprendentemente cómodos y a gusto, él me daba una impresión de realidad. Yo siempre he flotado un poco, soy consciente de ser vulnerable, de vivir fuera del mundo. Desde niña le he temido al futuro, y la presencia de Pablo me tranquilizaba.

Efectivamente, Anita había querido apartarlo de una relación anterior, vista con malos ojos por su familia, pero iba atrasada de noticias, pues eso ya había terminado cuando nos encontramos. Me había recomendado a él como un toque de clase, una chica distinta, de bonitas y viejas maneras, otras ideas e intereses, una persona elegante, especial, y había añadido algo muy revelador: yo sería una experiencia enriquecedora, de prestigio para él, lo que equivalía a decir «no creas, no estás obligado a tomarla en serio».

Nos seguimos viendo cada vez más a menudo; un día caí en sus brazos, no estaba loca por él, y sin embargo me gustó. Nuestra intimidad física fue buena y agradable.

Pablo empezó a venir a casa, la abuela y tía Eleonora lo recibían bien, no se integraba del todo, pero tampoco estaba incómodo; nuestro mundo parecía divertirlo, apreciaba nuestras conversaciones, nuestras rarezas, aunque nunca conseguimos actuar libremente cuando él estaba presente.

Yo notaba, a pesar de todo, que la abuela y tía Eleonora

aprobaban mi noviazgo con Pablo, que les parecía muy conveniente. Percibía también una cierta ansiedad en ellas, como si quisieran empujarme hacia él: lo consideraban una especie de salvador para mí, lo que contrastaba mucho con su íntima y gran dignidad, su viejo orgullo familiar, su identidad diferente, tan atesorada. Una vez más la notable intuición que te da el haber vivido con personas de mucha edad me hizo pensar en el enigma de don Diego, que siempre me ha acechado como el sortilegio de un cuento de hadas.

Ya al principio le hablé a Pablo de mi proyecto napolitano; él lo entendió, lo aprobaba, me apoyaba; pero según iban pasando los meses seguía viéndolo lejano, aunque yo había decidido firmemente no dejar pasar la primavera para irme.

Llegó el mes de febrero y mis veintitrés años. En la calle del León había una conspiración doméstica para olvidar que era el último mes del invierno, que ya vendían las primeras flores adelantadas de la nueva estación. La única solución para no hacerlo todo más difícil era afrontarlo inmediatamente; algunos días antes me había informado un querido amigo nuestro, persona inteligente y sensible, que había sido cónsul de España en Nápoles. Él me aconsejó una pensión muy simpática, en el cuarto piso de un edificio-tarta *belle époque*, luminoso y alegre, en pleno barrio de Chiaia, un lugar muy cómodo, apropiado para una chica sola: la pensión Pinto Storey. Ya había planeado pasar allí mis primeros días, hasta ambientarme y encontrar un apartamento a mi medida, o ver si tío Pepito cedía a la más elemental solidaridad familiar y me llevaba a via Nilo.

Era mayor de edad, podía disponer de la herencia de la familia D'Accaro, que me venía por mi padre, así que tenía independencia económica, aunque estaba muy lejos de ser una chica millonaria.

El 20 de febrero les participé a la abuela y a tía Eleonora que lo tenía todo arreglado, que en abril como fecha tope viajaría a Nápoles, y les conté mi plan de vivir en la pensión Pinto Storey; yo les hablaba de manera casual, ligera, con toda naturalidad, para no dramatizar lo que ya era doloroso para ellas.

Se quedaron las dos de piedra.

–¿Ah, pero sigues en la idea? ¿No ibas a dejarlo para después del siguiente invierno? –dijo la abuela.

–¿Y Pablo? –preguntó la tía Eleonora–. Quizá no lo hayas pensado, pero irte ahora puede hacer naufragar lo vuestro, a lo mejor más tarde te arrepientes, tú estás contenta con él, yo a él lo veo loco por ti, pero estas cosas, como los bizcochos, tienen su momento.

–Os aclaro a las dos –contesté muy segura– que es mucho más importante para mí mi tesis sobre don Diego. Espero no tener que elegir, no me gustaría. También es una manera de comprobar si mi historia con Pablo resiste; si es profunda, trataré de atender a todo y viajaré aquí de vez en cuando. Él vendrá a verme, pues ¡Nápoles no es el fin del mundo! Desde julio lo sabéis las dos, he sido muy clara, fuisteis vosotras las que me aconsejasteis esperar los buenos augurios de la primavera.

–Querida Isabelita, eres bastante imprudente, lo digo por jugarte tu vida actual, que no es nada mala y, francamente, me da miedo. Tía Eleonora y yo siempre hemos evitado hablarte del tema, estamos orgullosas de llevar la sangre heroica de don Diego, pero ya lo has oído desde pequeña: acercarse a ese personaje acarrea mala suerte.

–¡Pero abuela, son cuentos y chismes de cocina, viejas supersticiones! Todo eso junto ha derivado, con el tiempo, en el extraño mal agüero de don Diego; él se merece un estudio, fue un protagonista principal de una época brillante, guerrera, apasionante. Don Diego sigue aún desconocido en muchos aspectos, hay varios puntos oscuros sobre él, será un libro interesante, útil, es mi profesión y es hasta una deuda con nuestro pasado, un pasado que vosotras reverenciáis, os lo recuerdo.

Tía Eleonora replicó:

–Y tú tampoco desprecies la vieja sabiduría del pueblo; en Nápoles se ha transmitido de generación en generación el maleficio de don Diego para las mujeres, algo habrá de verdad; ahora poca gente lo sabe, pero antes, cuando las tradiciones no se habían perdido, si convenía que algún Ávalos se quedara soltero, le ponían Diego; de hecho es un nombre prohibido desde hace casi un siglo en nuestra familia. Para ti, querida, va a ser peligroso. Reflexiónalo, por Dios.

–Tía Eleonora, abuela, está resuelto, vuestros argumentos no son lógicos; cuando acabe mi trabajo, ya veréis lo contentas que vais a estar... y hasta un poco orgullosas de mí. Tío Pepito no se llama Diego, pero es un soltero endurecido, muy misógino. Ahí tenéis una excepción a la regla.

–Lo que tú tampoco conoces son algunas advertencias o profecías, algunos documentos con prevenciones siniestras para los Altáquila. Hay papeles de muy diferentes épocas y no únicamente en nuestro archivo, hasta un gran escritor francés del siglo pasado las recoge en un famoso libro sobre la Italia del XVI, cambiando, eso sí, el nombre de nuestra familia, pues era consciente de que sus descendientes continuaban existiendo en España y Nápoles. Son demasiadas coincidencias, ¿no? Esto es dañino para ti, yo lo sé.

–¡Abuela! ¿No vivimos en la época que ha derribado los mitos del pasado? ¡Los hombres han abolido viejos temores mucho más inviolables! Vosotras seréis supersticiosas, pero no tan primitivas ni elementales como para asustaros o tomar en serio los cuentos. Preferís que sigamos juntas, yo lo comprendo, no aceptáis verme volar sola y lejos. De verdad, es penoso removerlo otra vez, os quiero mucho a las dos, me cuesta haceros sufrir, pero estoy en mi derecho. La decisión está tomada y los billetes, reservados. Me voy después de Semana Santa, el día nueve de abril por la mañana, que es domingo, y no pienso cambiar.

–Bueno, hija, tienes razón, sólo nos queda rendirnos, mansitas. Nuestro deber de advertencia ya lo hemos cumplido –terminó la abuela.

–No te creo una palabra, me muero de risa de tu tono dócil y desamparado. ¡Lo que vas a intrigar por detrás para ponerme dificultades, antes y después de irme! Así eres tú, aún más estando convencida de tu razón y de mi bien; yo no puedo impedírtelo, pero te lo aviso, querida abuelita, soy muy testaruda, me voy a salir con la mía hasta el final, ya lo habéis visto otras veces.

Terminó febrero; el ambiente de la casa, tenso y cargado, me oprimía, y estaba deseando irme para no flaquear ni dejarme vencer. Pablo también me pidió un retraso en mi marcha, sin insistir mucho, ya que me conocía lo bastante para saber que era inútil.

Yo decidí estar alegre, divertida, mimar a mis viejas por los futuros meses de ausencia, para dejarles una imagen bonita de nuestros últimos tiempos juntas. Una profunda pena me enternecía a menudo, sabía que era el final de mis años en el ambiente único de la calle del León; no volvería más, estaba segura.

Por aquellos días recibí una carta inverosímil, un sobre muy elegante (comprobé que llevaba el sello de Tiffany's) color crema forrado de gris y escrito a mano con cuidada caligrafía, sin remitente. Dentro había un pliego de papel a tono, y en medio de la hoja aparecían sólo dos palabras impresas: Nápoles veintitrés, en letra inglesa, perfecto relieve y tinta oscura.

El matasellos de correos era de Barcelona, lo que no aclaraba nada en absoluto. Preferí no contarlo en casa; me reservé mi intriga, y le di vueltas y más vueltas. La noche de la carta dormí mal y me desperté sobresaltada, casi de madrugada, recordando la cara de tío Pepito aquel día que siendo yo niña me llevó a jugar a via Nilo; veía aquella expresión suya seria y dura al comunicarme que en nuestra familia hay un número clave: el 23.

La táctica sinuosa y el papel magnífico le correspondían a

mi tío plenamente o, también, a mi abuela, que tanto interés demostraba en hacerme desistir de mi viaje a Nápoles. Porque, claro, yo me iba a Nápoles y acababa de cumplir veintitrés años.

¿Y si se me quería señalar una dirección donde yo debía acudir para ser informada de algo?

Decidí no dejar ningún cabo suelto. Comprobé que en Madrid sí que existe una calle Nápoles en el código postal 28042; para mi sorpresa, cerca de Canillas, un barrio reciente.

¡Una decepción! La calle yo ya la había situado mentalmente en el centro antiguo, lo lógico. Nápoles, una ciudad tan relacionada con Madrid desde hace siglos. Hay un libro de Pedro Antonio de Alarcón titulado *De Madrid a Nápoles* (1861). El reino de Nápoles ha sido español, hemos compartido reyes: María Cristina de Nápoles fue reina gobernadora. Nápoles figura hasta en la bollería: las napolitanas se encuentran en casi todas las cafeterías de Madrid, y la calle de Nápoles, en Canillas.

Le pedí a Pablo que me llevara en su coche, a él sí que le conté lo de la carta, porque me constaba su discreción. Tomamos la calle de Nápoles al revés. Es una calle surgida del caos urbanístico precario de los años cincuenta y sesenta, y ni es derecha ni tiene ninguna traza. Muchos edificios jaula le dan la espalda y le enseñan bombonas y tendederos, pues la numeración la tienen en la calle paralela.

Subiendo un poco dimos por fin con el número 23; casita blanca de una sola planta, sencilla pero construida con mimo, parecía la típica casa de cuento, tenía un porche-marquesina acogedor, enmarcando la puerta principal. La casa y el jardín estaban cuidados. Llamé al timbre pero nadie contestó; en el buzón metálico aparecían escritos los nombres y apellidos de un matrimonio en una tarjeta amarilleada por los años. Nápoles, 23 respiraba tanta paz que no podía encerrar ningún misterio. El barrio era impersonal, tenía algo de provisional, anárquico y sin fantasía, feísimo. Pablo me dijo: «Anda, Isabel, vamos a dejarlo, nada de esto tiene que ver con tu carta tan rara y tan sofisticada, estoy seguro».

Pablo tenía razón, ya no indagaría más, me quedaba la duda entre tío Pepito o mi abuela. Al final, la carta tendría un resultado nulo; yo seguía ocupada en mi marcha.

A finales de marzo, mi abuela dio un té, para mí el último de sus invariables miércoles bimensuales, y por eso lo viví con especial atención. Vinieron unos cuantos amigos, y cuando se fueron casi todos, se quedaron de cháchara la abuela, tía Eleonora, la graciosísima Consuelo Veracruz, Pablo y yo.

Las tres señoras tienen en común facultad de observación, curiosidad por la gente y un auténtico criterio personal. Consuelo es muy aguda en sus descripciones, rebosa ingenio.

Se pusieron a repasar sus últimos planes sociales y a informar a Pablo sobre algunas personas clave de su mundo, que él desconocía por ser de otra edad y forastero.

El tema de la tarde fue un reciente cóctel-presentación de un libro de memorias; su autor era un personaje muy conocido, amigo de ellas.

–Estaba, por supuesto, en primera fila y en traje de luces

Margarita de la Hoz –contaba Consuelo– como un neón de la Gran Vía, siempre la más rutilante.

–¿Quién es Margarita de la Hoz? –preguntó Pablo fingiendo gran interés.

–Margarita de la Hoz –explicó Consuelo– se planta en sitio visible en cuantas conferencias, inauguraciones de exposiciones, tomas de posesión de académicos y otros acontecimientos culturales gratuitos, hay en Madrid. Ella nunca duda de que los sitios preferentes le corresponden por derecho; además, como le encanta dar instrucciones ostensibles para la circulación general del público y maneja a los personajes con desparpajo, se imagina que es un motor indiscutible de la vida ciudadana, ejerce de gran belleza sin serlo, sigue el legado estético de la famosa actriz María Félix. La verdad es que logra deslumbrar a los advenedizos ingenuos, confundidos gracias a sus modos de mujer irremediablemente fatal, y gracias a los ecos, que airea sin cesar, de su brillante historial familiar.

–Tiene su mérito el hacer de madame Du Deffand a estas alturas –añadía la abuela– sin pestañear y siendo tan poco aficionada a pagar facturas, eso le impide tener salón ni comedor. Durante un tiempo, Margarita encontró una acólita estupenda, la otra ponía mesa y mantel a cambio de propulsión intelectual y mundana. Ambas compartían la mira de pasar a la historia por su benéfica influencia en la obra y en la vida, más o menos íntima, de varios literatos.

–Vamos, Manolita la Primera en fino, como la copla –resumió tía Eleonora, ejemplo de claridad llana y abreviada.

–Y, cómo no, Varón Dandy. –Consuelo recogía, ágil, su turno–. Pablo, te lo cuento para ahorrarte la pregunta y la interrupción, que yo luego me despisto con el Alzheimer: Varón Dandy es el mote que le tengo puesto a un joven alto, emparentado con una familia muy principal, lo que lo llevó en seguida a los puestos directivos de cierta empresa, sin tener el chico mucho estudio universitario o más bien ninguno. Ahora no pierde ripio: las camisas más rayadas, las corbatas, desbocadas artísticamente, todas de estreno, lo mismo que sus impecabilísimos trajes, sus pañuelos de bolsillo y los zapatos, tan sumamente limpios que son una especie de resplandor. Un día de estos va a enfermarse de puro cursi, pero mientras tanto, querido, vamos a hartarnos de verlo hasta en la sopa, estate seguro.

–Varón Dandy –aclaró tía Eleonora– era una marca de colonia masculina, un poco tirando a pachulí, muy recomendada para regalarle al novio el día de los enamorados, cuando los grandes almacenes inventaron esa fiesta ñoña, copiada de los yanquis, en aquella época del seiscientos. A lo mejor, la colonia existe todavía.

La abuela continuaba como en un partido, sin permitirle a su apasionante tertulia apagarse ni un poquito:

–Y Betty Pons a lo suyo, provocando revuelos entre los hombres. ¡Todavía! Pobres hombres, muchos no cambiáis, seguís como salidos del cascarón, después de años y más años, viajes, éxitos, fracasos, amoríos, ¡nada! Os llega una que se hace la tonta en vuestro honor, os escucha asombrada, os obsequia con dos mohínes, os agarra del brazo, os susurra al oído y empezáis a reblandeceros, sin acordaros de que ésas son exactamente las maneras de las recepcionistas de Bangkok. Betty, animosa, perfumada, peinadísima, repetirá la escena, punto por punto cinco minutos después, al siguiente señor con poder económico, político, social o periodístico con el que se tope. En fin, la vanidad os puede, os hace ciegos, sordos, os hincha. ¡Ay, Betty! Cuánto me ha hecho reír viendo la cara de bobos de algunos, y eso que ella, aunque es muy mona, es bastante vulgar la pobre, pero el almíbar baratón encandila muchísimo. Hoy en día casi no quedan exquisitos.

Así siguieron mucho tiempo. Pablo ejercía de público casi mudo. «¡Cuánta nostalgia me espera –pensaba yo– por aquellas horas espumosas, irrepetibles, de la calle del León!»

Las siguientes semanas pasaron muy rápidas; yo contemplaba cada pequeño detalle de mi vida meticulosamente, como si se tratara del rodaje de una película, sin librarme de la tristeza por aquel canto de cisne. Transformaba interiormente la luz limpia de la primera primavera madrileña en un sol dorado otoñal, delicioso, como lo fueron los días con Pablo, unos momentos de amor suave, más bonitos que nunca, mis recuerdos suyos más emocionados.

Preparé el equipaje despacio, cuidadosamente, tan importante era para mí esa partida y ese principio napolitanos que deseaba que hasta lo mínimo saliera perfecto.

El sábado 8 de abril tía Eleonora me llevó a rezar a su iglesia preferida: las Calatravas de la calle de Alcalá. Le gusta su fachada remordimiento, obra de Madrazo, y, sobre todo, el imponente retablo de José de Churriguera, sus cuatro espléndidas columnas doradas que se despojan teatralmente de su ropaje externo, pierden la piel, como las serpientes. El retablo oscuro, polvoriento, impresiona por su fuerza escultórica, olvidado en su penumbra, adornado por unas cuantas macetas de pilistras, puro sabor de barrio. Para mí, la decadencia es poesía, aumenta siempre lo magnífico.

Tía Eleonora rezó sus oraciones en latín, me hizo una cruz en la frente, mojándose los dedos en agua bendita, así me protegía contra los graves riesgos futuros, mientras me miraba compadecida, como al caballero medieval que marchaba a las Cruzadas.

La abuela y tía Eleonora no querían acompañarme al aeropuerto, no estaban dispuestas a protagonizar públicas escenas lacrimógenas denigrantes. Pablo había decidido llevarme pero yo no le dejé, necesitaba salir de Madrid sola, ligera.

Llamé a Ramón Escobar, mi taxista. El domingo día 9 de abril, a las ocho de la mañana, pasaría a recogerme por la calle del León, camino del aeropuerto.

A Ramón, mi taxista por excelencia, lo conocí unos meses antes y, si hubiera sido rica, lo habría contratado en exclusiva. Andaba yo por esas calles poco transitadas de la carretera de Castilla, donde está la UNED; había ido a pedir consejos de investigación a un profesor muy aficionado a Nápoles. Paré un taxi, el taxista me saludó muy educado y, cuando me instalé dentro y empecé a mirar a mi alrededor, no daba crédito: el volante, multicolor; el techo del coche, con elásticos negros sujetando todo tipo de casetes colocadas en fila, y colgando imperdibles, pares de medias, limas y paquetes de horquillas. Había hasta una alforjita alpujarreña con la prensa del corazón tras el respaldo del conductor, y entre los asientos una cesta con kleenex, caramelos de menta, de naranja y de limón. Me quedé embobada.

–Cuánta música tiene usted –me dio por decirle.

–Sí, señorita, en tres secciones: infantil y dos para las damas, romántica o folclórica; ya sabe, boleros, rancheras, coplas o sevillanas, a elegir.

–¿Y para los hombres?

–Para los hombres, si me piden algo, pues bueno. Pero yo lo hago todo por las damas, es mi fin servir a las damas, ¿sabe usted? Por eso llevo medias de dos colores, limas y estas cosas, para hacerles un favor, por si hay un contratiempo, para ayudarlas, mimarlas. Y no soy un ligón, aquí llevo la foto de mi señora –dijo señalando un adorable marquito dorado, pegado al salpicadero–, que la quiero mucho a mi señora.

–¿No será usted de Cádiz? –le pregunté, aunque no tenía el menor acento.

–¿Cómo lo ha adivinado? Sí, señorita, soy nacido en Algeciras, pero me he criado en Cádiz; ya he perdido el habla de allí porque llevo más de veinte años en Madrid.

–Pues mire, todo este muestrario tan bonito que lleva usted me ha recordado a las típicas viejas tiendas de Cádiz.

–¡Ay, mi Cádiz! Yo he sido peluquero ocho años en la plaza de San Juan de Dios y le digo a usted que eso es mucho más que ser un ejecutivo gordo de los bancos.

–Me lo creo, desde luego, realmente más agradable.

Me quedé con su teléfono y, desde entonces, si necesitamos un taxi en casa lo llamamos, no me gusta molestar al viejo

Leandro, ni quitárselo a la abuela. Ramón siempre ha sido simpático, puntualísimo y un callejeador de primera, sorteador de atascos.

Al llamarlo me despedía también de él, evitaba el malentendido de un repentino silencio.

Ramón vino a buscarme, el taxi reluciente, la cara larga, como convenía a la circunstancia; cargó mis tres maletas, los dos bolsos de viaje y salimos para el aeropuerto.

–Hoy no tiene muchas ganas de palique, ya lo veo, se va para mucho tiempo, y sola, la cosa tiene plan, tan joven como es.

–Ramón, no se lo tome a mal, pero prefiero ir callada, no me sobran fuerzas esta mañana, debo de tener la tensión baja.

–Natural, es lo suyo. Ahora lo que es menester es que sus estudios nuevos le vayan bien.

Ramón respetó mi silencio; no siempre es un charlatán, tiene tacto, sus años de peluquero en Cádiz han sido un buen aprendizaje en psicología.

No había mucho tráfico a esa hora. Yo tomaba un vuelo de Alitalia; lo elegí por la muy frívola razón del precioso nombre de la compañía. Alitalia es algo así como volar dos veces, o un especial paso de baile. En todo caso, la fonética alada resultaba muy apropiada para mi íntimo ceremonial.

Me pesaban las escenas tristes de despedida, las caras de la abuela, de tía Eleonora, de Leandro, del portero, de toda la gente de casa; me pesaba haber rasgado de golpe mi mundo infantil. Había sido como romper voluntariamente una segunda matriz, y una cierta angustia me apretaba el estómago.

Hacía un día gris, el avión traspasó las nubes, subió al azul y, bruscamente, me sentí aliviada, tranquila, con muchas ganas de ver Nápoles, contenta por haber sabido cumplir mi empeño. Por primera vez me creí una mujer, mientras apoyaba el pómulo en la ventanilla fría.

5

EN SU BUSCA

El avión me llevó a Roma en dos horas largas; dejé el aeropuerto, atravesé la ciudad, un asombro perpetuo, para ir a la estación Tèrmini, caótica y moderna, y allí tomé un rápido tren Eurostar hacia Nápoles. Durante el viaje observé los cambios en el paisaje; a trozos seguía siendo tan bonito como antes: anchos pinos majestuosos, verdes más vivos, lozanos y variados que en Madrid, gracias al suave clima mediterráneo. Pero la fea, parda civilización industrial había invadido y alterado muchos panoramas. Incluso se notaba la actual, horrible y universal cultura agrícola del plástico. Yo sufría, además, el choque entre la realidad y mis recuerdos de niña; había agrandado a mi modo la belleza de unas imágenes queridas, vistas en su momento con excitación, evocadas intensamente muchas veces. La notoria diferencia me causó impresión, no hablé una palabra con mi compañero de asiento, ni pude leer. De todas maneras, en Italia siempre ves ruinas magníficas, o se te aparecen en medio del campo bellas villas antiguas, ejemplos de elegancia en arquitectura, proporciones, colores. La abundancia de patrimonio estético hace que sea imposible viajar y sentirse defraudado, no ser atrapado por algún sitio atractivo.

Debía bajarme en la estación Mergellina, pequeño y blanco pastel de crema decimonónico, donde llegué casi a las seis de la tarde. Aquel domingo 9 de abril era un día de azul transparente propiamente napolitano, donde el color azul te cala, te envuelve como si estuvieras en una pecera.

Tío Pepito me esperaba fiel en el andén, su figura y erguida pose idénticas a las de tantos años antes. Yo no podía encontrarlo muy cambiado ya que nos había visitado hacía diez meses en Madrid. Llevaba una impecable chaqueta grisácea de *tweed* y pantalón marengo. Más allá, provisto de un antiguo carro para equipajes, estaba el envejecido Augusto, con su gastado, sobrio uniforme oscuro de botones plateados. ¡Qué alegría verle! Cuando me acerqué a él se mordía el labio, tratando de tragarse las lágrimas de emoción y evitarse el reproche de tío Pepito, que detesta las sensiblerías, indignas de un personal antiguo, bien enseñado, como el de su casa. Por lo mismo no abracé a tío Pepito, sólo le di un beso correcto, algo distante, pero sí que abracé a Augusto sin poder reprimirme; tío Pepito hizo la vista gorda y no nos amonestó por la inadecuada escena.

–Has hecho un buen viaje, espero, te veo muy bien, monina. Me alegro mucho de que hayas venido, te han tenido alejada absurdamente demasiado tiempo, me gusta que seas una persona sensata y hayas logrado sacudirte la equivocada mentalidad de mis hermanas: tienes carácter.

–Tío Pepito –pregunté–, ¿vas a ayudarme en el tema de don Diego, o la abuela ha conseguido arrancarte la promesa de ponerme la proa en todo?

–No he dado mi palabra a mis hermanas; no te niego que ellas me lo han suplicado de todas las formas, las conoces de sobra. Solamente les he concedido no traerte conmigo a via Nilo, es mi único compromiso y no definitivo; tú ahora nos tienes que demostrar a todos lo bien que te las arreglas sola. En esta sociedad napolitana, tú, Isabel d'Accaro, mi única sobrina, futura princesa de Altáquila, tantos años ausente, que vivas fuera de mi casa estará muy mal visto, no te ayudará, porque producirá extrañeza y es inconveniente. En fin, tú puedes vencer ciertos obstáculos, ya lo has demostrado: estás aquí.

–Tío Pepito, mi sueño es vivir por primera vez por fin en nuestra casa; es lo lógico, incluso me lo debes, piénsalo y, mientras tanto, prométeme por lo menos no cerrarme la puerta, recibirme allí, enseñarme todos los rincones. Para mí lo más importante es que me dejes consultar cuanto me sea necesario en tus archivos y tu biblioteca, sin ocultarme ningún documento. No te daré la lata, sé ser discreta, no me consideres una chica entrometida.

–¡Uy, Isabelita!, eso no puedo creerlo así de repente. Por supuesto, cuenta con lo que me pides, pero yo decidiré cuándo y cómo, el momento oportuno. Quiero tratarte, verte mucho, disfrutar por fin de mi sobrina, transmitirte muchas cuestiones importantes de familia; mis hermanas no son tan egoístas de negarle a tu viejo tío el placer de tu compañía. Me han mantenido a distancia de ti, ahora es mi turno, mi obligación es hacer de jefe de familia e instruirte como mi sucesora. Mis queridas hermanas han desdeñado mi papel en tu educación, han ignorado muchos conocimientos míos, y voy a tratar de remediarlo. Aquí en Nápoles debo presentarte yo, o sería un insulto público imperdonable para ti.

–Tío Pepito, ¡cómo me alivias! Se me había ocurrido que podían convencerte y cerrarme así gran parte de mis posibilidades; te lo agradezco mucho y espero que al final me tomes el cariño suficiente para considerarme tu sobrina de verdad, y me lo demuestres invitándome a la via Nilo. Aceptaré tus condiciones, estate seguro.

–Ya se verá. Mi pacto con mis hermanas es esperar al menos varios meses; no seas testaruda ni exigente, cada cosa tiene su precio, su tiempo. En la presente situación tengo la satisfacción de decir la última palabra en todo; sobrina, te advierto algo muy seriamente: no me gustan las rebeldías, no estoy nada acostumbrado a que me lleven la contraria. Cuando sientas una gran oposición hacia mí, ten la sabiduría de no hacérmelo notar, ten la inteligencia de explicarme tus ideas sin incomodarme. Debes aprenderlo o nos llevaremos mal. Hasta el día de hoy he tenido la suerte y los medios de conservarme como un hombre muy difícil.

Íbamos en el vetusto Mercedes gris, casi negro, de tío Pepito; esos coches tan viejos, armatostes solemnes, son un sello de familia. En seguida llegamos a la piazza Amedeo, en el corazón del barrio de Chiaia. La via Martucci y el edificio pomposo de mi pensión estaban a dos pasos. La piazza Amedeo es espaciosa, le dan sombra altísimos plátanos y algunas palmeras. La preside la ladera de la colina del Vómero, cubierta totalmente de escalonadas casas opulentas, en todos los tonos del amarillento al sepia rojizo, y de un gusto diverso, incluso disparatado, producto de la prosperidad y la fantasía romántica. Esta bonita perspectiva obliga a levantar la vista hacia la cartuja de San Martino y el imponente Castel Sant'Elmo, coronas indiscutibles de Nápoles. Muchos taxis, aparcados en desorden, cafés, paseantes, algarabía de pájaros llenan la plaza, que es un centro de vitalidad acogedora, estimulante.

Tío Pepito estaba incómodo.

–Perdona, Isabelita, no pienso salir, ni voy a ser correcto, es un trance demasiado ridículo el de dejarte en una pensión. Me abstengo de asistir a este despropósito. Sólo puedo mirar a otro lado. Augusto te acompaña y te ayuda. Yo me quedo en el coche.

Torcimos pocos metros por la via Martucci hasta el 72; cruzamos un amplio hall redondo, de mármol blanco, burgués e importante, y subimos al tercero en un ascensor de caoba. La pensión Pinto Storey iba a ser mi primer hogar napolitano y la primera pensión de mi vida. Yo disimulaba mis nervios. Augusto me seguía con el carro de los bultos. Llamamos al timbre: finos neones verde esmeralda y frondosas plantas enmarcaban la puerta, la cancela de hierro y las vidrieras modernistas. En una esquina de la entrada, una increíble pirámide de macetas, iluminada desde atrás por luces de colorines parpadeantes, daba paso a un primoroso saloncito, sofás y butacas de cretona estilo victoriano, pañitos de encaje en los respaldos, litografías, cortinas, veladores; a la izquierda, el pequeño despacho de la recepción, de madera oscura, con sus cajetines y ganchos dorados para colgar los pesados llaveros de bronce. Un amable portero nos daba la bienvenida en italiano y en inglés, cosmopolita costumbre de la casa innecesaria en mi caso. Llené los impresos, di mi documentación. Un joven botones uniformado, de pechera roja y hasta quepis, se encargó de enseñarme la habitación entre las que yo podía elegir, sobre todo si me quedaba bastante tiempo: las había con vistas al Vesubio, a la via Martucci o al Vómero, me iba recitando, todas con calefacción, teléfono, aire acondicionado, minibar, cuarto de baño individual, toallas y sábanas de hilo que se cambiaban diariamente...

Todo estaba reluciente, muy vivido, recién reformado de manera aproximadamente nostálgica. La pensión Pinto databa de 1878, y en los pasillos, los viejos teléfonos interiores negros, con números-llamadores de hierro, demostraban un cierto estatus de solera.

Elegí el cuarto mayor, cama doble, con tres armarios, uno de luna, que daba a la alegre plaza y a la colina del Vómero; tenía mesa para poder trabajar, un gran ventanal, cuarto de baño cómodo y otra buena ventana; es decir, mucho sol y sitio para guardar mi ya excesivo equipaje, más la cantidad de trastos que no tardaría en acumular.

Me puse contenta, me gustaba, había cosas horrendas, otras bonitas, el conjunto resultaba agradable y cálido.

Augusto se despidió de mí, y adoptó un aire catastrófico, pues estaba indignado ante mi estancia sola en la pensión; me ayudó a instalarme sin prisa, no quería irse, incluso se había olvidado de tío Pepito, encerrado en el coche.

–Pequeña *principessina* Isabella, no puedo creer que no vengas al *palazzo*. ¡Es un pecado! Todos hablaremos con el príncipe, no descansaremos hasta verte en tu lugar, donde debes estar, en tu casa. ¡Por Dios!

–Vamos, Augusto, anda, no te preocupes, ya lo conseguiremos, las rarezas de nuestra familia bien las sabes tú; aquí me siento muy bien, pronto me tendrás de visita en casa. Me debes un *baba* de postre. ¿Te acuerdas?

–Isabelita, ¡niña! Esto es obra de tu abuela, la *principessa* Isabella, estoy muy enterado del porqué de su dureza, siempre ha creído en el mal fario de la via Nilo, lo mismo que la *principessa* Eleonora.

–Augusto, por favor, quita esa mala cara. ¡He vuelto! Lo demás va a arreglarse dentro de poco. ¡Hombre!

Otra vez me abrazó, conmovido, antes de marcharse corriendo acordándose de la furia de tío Pepito, que es un modelo de impaciencia intransigente.

A la mañana siguiente, los rayos de sol me despertaron temprano; había dejado a propósito abiertas las contraventanas blancas; lo hago así para ahuyentar la pereza cuando debo activarme y aprovechar el tiempo.

Me arreglé muy de prisa, desayuné en el simpático comedor un café capuchino, desbordante de espuma y unos bollos riquísimos, rellenos de crema. El sitio era encantador, grandes ventanales dejaban ver el mar, había repisas con antiguas colecciones de botellas, mesitas de manteles adamascados rosáceos, sillas Thonet, cuadros de viejas fotografías. Unas cinco o seis personas eran mis compañeros esa mañana. Un francés de aire noble e intelectual, de unos setenta años, y un chico joven me recibieron con los buenos días y una sonrisa de aprobación, lo mismo que el correcto, eficiente camarero. Comprobé la marcha de la pensión, y me pareció fácil, grata, de buena calidad.

Mientras desayunaba iba releyendo listas en mi cuaderno; ya tenía la de las bibliotecas y archivos de Nápoles a los que debía acudir a investigar sobre don Diego; lo primero era consultar los índices, tarea necesaria, larga, pesada. Además de la biblioteca de tío Pepito tenía que ir a la del palazzo Reale, a la Societá Napolitana di Storia Patria, en el Castel Nouvo, al Archivio di Stato, al archivo de Santa Clara, al del Duomo y a la Biblioteca dei Girolamini, a la biblioteca universitaria de la via Palladino. Tenía por delante meses de trabajo.

Decidí empezar por la espléndida biblioteca del palazzo Reale, la más atractiva. Iría a pie, un paseo de postal turística al borde del mar, repetido tantas veces de niña, desde los jardines de la Villa Communale, pasando por la piazza Vittoria, mi casa de siempre, la via Partenope, el Borgo Marinaro, el Castel dell'Ovo, la fuente del Gigante... Volvería a disfrutar la vista de la incomparable bahía, frente al Vesubio, hasta la piazza Plebiscito, un lujo, el mejor reencuentro posible con Nápoles en aquel lunes de abril azul, radiante.

Antes de salir llamé a tío Pepito. El primer día me lo reservé para mí; el martes almorzaría con él en Zi Teresa, junto a los barcos, como yo había elegido; el jueves por la noche me llevaría al Circolo Nazionale dell'Unione, donde había organizado una cena pequeña, primera presentación mía a algunos amigos y parientes lejanos; el sábado daban en el San Carlo

Così fan tutte, la deliciosa ópera napolitana de Mozart. ¡Secuencia perfecta!, la casualidad lo reunía todo para aumentar la alegría de mi llegada, hasta el tiempo y la temperatura eran inmejorables. Tío Pepito no dijo ni una palabra sobre via Nilo, y yo tenía la lección bien aprendida, no pensaba tocar el tema: sólo él podía decidirlo y, naturalmente, después de poner a prueba mi paciencia no iba a privarse de semejante placer. Tío Pepito creía necesario torturarme lo suficiente para ponerme en situación de apreciar el privilegio concedido.

A las diez llegué a la piazza Plebiscito, entré un momento a rezar un padrenuestro en la iglesia neoclásica de San Francesco di Paola, pedí por mi nueva vida, puse unas velas, se lo había prometido a tía Eleonora. No pude resistir comprar el ticket de visita al palazzo Reale, quería verlo rápidamente y acodarme un ratito en la gran terraza del Belvedere, que había maravillado al embajador británico lord Hamilton, dos siglos atrás.

No tardé mucho, me había propuesto aprovechar seriamente mis mañanas, desde la primera, inflexiblemente. Entré en la biblioteca del palazzo Reale, de contenido y decorado magníficos, mi esfuerzo sería allí agradable. Me informé de los horarios y condiciones de la investigación.

Una hora después ya había conseguido consultar los índices; temblando, descubrí los primeros indicios de don Diego, algún nombramiento, cartas, varios procesos y lo más sensacional, noticias relativas al asesinato de la sobrina de su mujer, pupila de don Diego y luego su nuera, Béatrice Luna di Aragona; en aquella época ese crimen no fue considerado como tal, sino una reparación del honor familiar, al uso del Renacimiento. Felipe II había permitido un simulacro de juicio, como en otros casos parecidos, se imponía a los culpables un castigo leve para mantener una apariencia de orden, que solía consistir en un destierro relativamente simbólico. Encontré sobre don Diego mucha documentación, era llegar y besar el santo, aunque no me extrañaba: fue un personaje de primera línea y dejó una considerable huella en su ciudad. Leer todos los papeles me aseguraba pasar muchas horas en ese marco majestuoso, rodeada de frescos, lámparas y valiosos libros guardados en muy hermosos anaqueles de nogal.

Yo ya conocía mucho de la vida de don Diego, mi eterno interés obsesivo; lo había facilitado también la estrecha relación suya con España, ya que Nápoles formaba parte entonces de la monarquía hispánica. Mis estudios de historia me habían conducido a muchas referencias suyas y además contaba con la tradición familiar. Recuerdo a la abuela relatar orgullosa su brillante trayectoria oficial, aunque en los últimos años rehuía siempre el asunto en mi presencia.

Cuando me di cuenta, el tiempo había volado, era tarde para comer, incluso a la hora española; debía adaptarme lo antes posible a los horarios locales, más tempranos que en Madrid. Estaba en pleno centro, repleto de *trattorias* variadas, donde se puede tomar una estupenda pizza o una fresquísima ensalada en cualquier momento, como también en los carritos de la calle, muy pulcros y coloristas, similares a los de Nueva York. Enfrente tenía el lujoso gran café Gambrinus, y había decidido probar allí un pastel o uno de sus famosos helados. Al salir de la biblioteca observé que por aquella zona la ciudad parecía más aseada, con las fachadas bien pintadas y había algún semáforo que moderaba ligeramente el caos circulatorio. Gambrinus también se había lavado la cara, más blanco, más dorado, impecable, sin perder nada de su atmósfera.

Mi plan para la tarde era visitar la Societá Napolitana di Storia Patria en el Castel Nuovo aprovechando la cercanía, por si existía allí algún otro testimonio interesante para mi trabajo.

Me dirigí a la masa del Castel Nuovo, gótica fortaleza de los reyes de Aragón, hasta hoy le ha quedado su nombre anterior y lo comprendo, no puede ser más descriptivo: «El Maschio Angioino», torreón de los Anjou, que fue derribado en el siglo XIII para construir este enorme edificio negruzco.

Atravesé el puente medieval, el alto foso y el arco de triunfo, gótico, atribuido a Francesco Laurana, de estilo sumamente elegante y delicado, lo que es santo y seña de los monumentos de la Casa de Aragón, pensé en Poblet o Bellver.

Una de las muchas figuras que aparecen en los bajorrelieves del arco es la sirena Parténope, formando parte del séquito del rey Alfonso el Magnánimo; según un bello mito griego sobre el nacimiento de la ciudad, en el Castel dell'Ovo recaló el cuerpo de la sirena ahogada y surgió Nápoles, brillante cuna musical, digna hija del canto de una sirena.

Me vino a la memoria una imagen, la cola de una sirena está en las armas de mi familia paterna y me pregunté si sería una señal para indicarme mi destino.

Dentro del inmenso patio del Castel Nuovo di nuevas vueltas hasta encontrar la biblioteca; me costó tiempo e incontables escaleras. El sitio es feo por dentro, las estanterías metálicas, contra incendios, destruyen toda poesía, pero hay muchos libros, algunos buenos, un índice, datos valiosos, aunque, ni mucho menos, como en el palazzo Reale; decidí descartarlo por el momento.

Tenía que volver a mi pensión, quería ir a pie, aunque el día había sido agotador y cortísimo. Pasé otra vez por el teatro San Carlo, la galería Umberto I y el palazzo Reale. Tomé otro café en Gambrinus mientras le dedicaba un pensamiento de simpatía a Oscar Wilde, un habitual cliente, importunado sin cesar por los grupos de turistas ingleses, un refugiado desencantado, un náufrago rechazado por la puritana sociedad a la que ha vencido después de muerto; Wilde, chivo expiatorio, pervive en nuestra memoria, sus acusadores y verdugos, anónimo plural, sólo merecen hoy un eco colectivo de desprecio.

Estaba contenta de mi vida; recorrí las calles comerciales, prósperas y postineras, señoriales, bulliciosas, solventes: via Chiaia, via Filangeri, via de Mille, via Colonna; tomé contacto y conciencia de otra parte notable de la ciudad.

Llamé a casa, a Madrid. Me dieron dos recados de Pablo. ¿Era posible? Se me había olvidado su existencia completamente, nunca me había pasado. En realidad, había estado ajena a él todo el tiempo que llevaba en Nápoles. Me dormí como un tronco, no era para menos, dado el tute del día y el que me esperaba al siguiente.

El martes 11 de abril amaneció de un azul menos puro, algo neblinoso; yo estaba excitada y la impaciencia por salir cuanto antes me retrasó: ¡iba a ir a Spaccanapoli, el alma verdadera de Nápoles, ombligo impresionante de esta ciudad vieja de veinticinco siglos que se te vienen encima sobre todo allí!

¡Pasaría por delante de nuestro palacio de via Nilo! Esa mañana iba a visitar el Archivio di Stato: cogí un taxi hasta la piazza del Gesú Nuovo, pasé ante la fachada gris, en puntas de diamante de la iglesia, tomé la via Benedetto Croce, adentrándome hacia la via Nilo. ¡Vaya barrio!: oscuras humedades sombrías, paredes cubiertas de plantas, mugre y desconchones, iglesias, grandes palacios que exhiben el maltrato descarado de tanta vida y tanta historia, ruidosa exuberancia, decadencia. Flota un olor especial, testimonio de incontables generaciones de cloacas, vieja podredumbre, exhalación de infinitas existencias, complaciéndose en sus bellezas y en sus miserias, aceptándose hasta en sus detritus, impresiona esta orgullosa dignidad sin maquillajes ni trampas.

Un dato de importancia: Nápoles ha temblado cada treinta años aproximadamente, se ha herido, reparado, semicurado, sobrevivido. Un aire extraño de sabiduría, de escéptico desdén e impasible resistencia impregna cada centímetro del antiguo centro donde, según Dominique Fernández, «la burguesía no ha podido plantar jamás sólidas raíces, la mayoría de sus palacios e iglesias no han podido ser terminados, el último rincón de Europa, donde la vida continúa siendo un riesgo y un juego».

Todavía Nápoles tiene el mismo escéptico desdén ante la higiene y la seguridad. Recomiendan no llevar joya alguna, ni lujoso reloj, ni perderse por laberintos poco transitados.

Atravesé la monumental piazza San Domenico Maggiore, seguí por la via San Biaggio ai Librai y ya estaba casi frente a nuestro palacio, en la via Nilo; me metí en la calle, vi la fachada, la admiré emocionada, casi jadeaba, nada había cambiado, la altísima portada de frontón dórico, los desconchones, el noble descuido, las fuertes y gruesas rejas cuadriculadas renacentistas. El portón descomunal estaba abierto, el portal silencioso, en penumbra. Me fui en seguida; temía sucumbir a la tentación de llamar, hubiera sido la derrota total ante tío Pepito, sin enmienda posible.

Volví a San Biaggio ai Librai, a sus tiendas variopintas de libreros viejos, de antigüedades y de antiguallas, luego de santos, según te acercas a San Gregorio Armeno. Imágenes sagradas, de cara ingenua y sonrosadas mejillas, sonríen dulcemente desde los escaparates, iluminadas por coronas de bombillas. No pude resistir entrar en una tienda, a pesar de mi prisa; un Niño Jesús reposaba dentro de una caja baúl, sobre un colchón de lujosos encajes sintéticos, recostado en idéntica posición a la *Venus y la música* de Tiziano; tenía su paño de pureza, sus tres Potencias doradas y una guirnalda en la cabeza de estrellas y flores eléctricas, genuino ejemplo de la confusión eterna entre catolicismo y tradición clásica pagana. Pregunté el precio; carísimo, ya que el Niño era de cera, hecho a mano, además si se le daba cuerda se mecía dulcemente al son de una famosa nana. No admitían tarjetas de crédito, me dijo muy ufano un vendedor de guardapolvo azul, ni tampoco reservas, salvo si se trataba de algún conocido parroquiano. Nada de serviles complacencias con el turismo, ¡faltaría más! Me encogí de hombros, probaría suerte otra vez.

Continué mi camino embobada, todo era fascinante. Motos ruidosas y carromatos ligeros me sorteaban hábilmente, aunque la calle era peatonal. Llegué a la via dei Grande Archivio; a la derecha se alzaba el soberbio edificio del Archivio di Stato, un antiguo monasterio. Entré; había una exposición y carteles de anuncio, pero a pesar de estar en horario me lo encontré cerrado; el portero, ante mi decepción notoria y mi sonrisa coquetona, me sugirió subir a las oficinas a negociar. Me preguntó si era extranjera.

–Española.

–Aquí estamos en el antiguo barrio español, somos un poco españoles también. –Se ponía de mi lado, lo noté, no iba a serme imposible visitar el archivo ese día.

En efecto, el portero me guió por complicadas escaleras y vericuetos hasta las oficinas, habló en mi favor y la bibliotecaria, después de hacerme unas cuantas preguntas y de darme una ficha para anotar mis datos, me permitió entrar a visitar la exposición y el archivo, siempre que el portero accediera a acompañarme. Luego se pondrían en contacto conmigo, me asignarían turno para mi investigación, con toda seguridad a partir de la semana siguiente.

El portero empuñó triunfante una gruesa llave, se sentía influyente, e inició con parsimonia el recorrido del archivo. Para empezar, un primer patio magnífico, de arcos y columnas, donde se mostraban en vitrinas los documentos excepcionales de la exposición; continuamos hacia las grandes salas capitulares, pintadas al fresco, recubiertas de arquitectónicas bibliotecas de maderas preciosas, realmente espléndidas. Mientras miraba los libros y el portero factótum lo explicaba todo con cierta autoridad, yo sentí que me observaban.

–¿Hay alguien aquí? –pregunté.

–Usted y yo, señorita; está cerrado, sólo yo tengo la llave.

Atravesamos otro patio, y el portero me condujo a otra gran sala donde guardaban más legajos, maravillosamente encuadernados en los siglos XVI y XVII; allí sentí otra vez una mirada muy intensa que me recorría la espalda, el portero y yo nos dimos la vuelta automáticamente, al unísono.

–¿Un gato?

–Los ojos de gato no se sienten así, señorita, nos vamos. –El portero se calló, desapareció de golpe toda su locuacidad, su cara se ensombreció, asustada–. ¿Va a volver usted, señorita?

–Bastantes días, espero, tengo que estudiar aquí muchos papeles.

–Yo me lo pensaría antes de volver, señorita, usted sabe el porqué, llevo aquí veintitrés años y nunca me ha pasado algo así, pero los de antes algo me contaron, he nacido en este barrio, sé muchas viejas historias. Usted es española, nada tiene que ver con este sitio, ¿no es cierto?

–Bueno, sí, la verdad, le confiaré un secreto, si me promete no repetírselo a nadie aquí en el archivo.

–Prometido y jurado, señorita.

–Mi abuela es la hermana del príncipe de Altáquila, que vive cerca, en el *palazzo* de la via Nilo.

–¡Dios mío! Sé muy bien quién es su tío, el príncipe Pepito, como todos lo conocemos, ustedes son descendientes de don Diego, tenemos mucho sobre él en el archivo. Me da miedo pensarlo, es un personaje siniestro, mi abuela decía... ¡Virgen Santa! Señorita, se lo repito, ahora mucho más. No vuelva usted.

–Debo volver, soy historiadora, escribo la biografía de don Diego Dávalos de Osorio para mi tesis doctoral, me he propuesto terminarla lo antes posible. Traigo buenas recomendaciones de mi universidad.

–Pues antes de venir la próxima vez vaya a las monjas de San Gregorio Armeno, aquí muy cerca, explíqueles quién es usted, ellas tienen los restos benditos de santa Patricia; enciéndale una vela a la santa. Ella le protegerá.

–¡Cuánta superstición!

–Señorita, usted estaba allí conmigo, se volvió también. Todavía tengo esos ojos clavados en la espalda y un frío raro por los huesos, y usted también, era a usted a quien miraban, esté segura. ¡La nueva es usted!

–Mi nombre es Isabel d'Accaro.

–Y el mío, Tommaso Pío Cordi.

Nos estrechamos las manos.

–No quisiera decirle hasta pronto –se despidió Tommaso–, me es usted simpática de verdad, da gusto verla, pero lo de esta mañana no, nunca más.

Me fui a galope, se había hecho tardísimo, el tiempo no me alcanzaba en Nápoles. Tío Pepito es rígido en todo, su joven sobrina no podía permitirse tenerlo esperando; sería una situación subversiva e intolerable. Más aún sabiendo que aquellos días mi obligación era hacer méritos.

Me peiné en el taxi, me alisé el estricto *tailleur* beige mientras me empolvaba la nariz y me ataba los cordones de mis abotinados ingleses color suela, y logré aparecer en Zi Teresa segundos antes que tío Pepito.

¡Qué suerte! El tiempo había levantado, era agradabilísimo estar allí, rodeada de barcos, al pie del elegante Castel dell'Ovo, cuyo bonito color crema relucía al sol, entre el vivaracho y popular Borgo Marinaro.

Enfrente teníamos el hotel Vesubio, sólido, de buen tono, parece albergar todavía los idilios mediterráneos de aquellas estrellas de la época dorada de Hollywood. El indudable *glamour* del hotel contrastaba con algunos grupos de turistas en camiseta, *shorts*, calcetines, Adidas y viseras chillonas. ¿Por qué se empeñarán en estropear los sitios so pretexto de que pagan las cuentas? Los engalonados porteros resultaban muy incongruentes al lado de aquellas antiestéticas hordas.

Tío Pepito me saludó cariñoso.

–Buenos días, Isabelita, estás estupenda, por lo menos tu abuela te ha enseñado a vestirte, es un prodigio a tu edad en estos tiempos.

¡Milagro, empezaba piropeando!

Por supuesto, mi cuidada imagen no era casualidad, yo desplegaba todos mis recursos para contentarlo.

–¿Has empleado bien tu tiempo, pequeña sabia?

–He ido al palazzo Reale, a la biblioteca, a la Societá Napolitana di Storia Patria y al Archivio di Stato.

–Entonces pasaste por casa.

–Sí, tío, me paré delante unos minutos, está absolutamente intacta, exacta a mis recuerdos.

Tío Pepito escuchó mis discretas palabras complacidísimo. Me explicó los planes que me había preparado y cómo debía estar yo: vestimenta y actitud para caer bien, y lo verdaderamente primordial, hacerle quedar mejor a él y a nuestra familia; en adelante me adjudicaba esta responsabilidad inexcusable.

Yo cambié de tercio.

–¿Hay fantasmas en el archivo?

–¡Qué dices, Isabel! No vayas a empezar como tu abuela y tía Eleonora, espero de ti más sensatez. –Pero la cara se le alargó, lo preocupó e intrigó mi confidencia, adiviné que se guardaba pérfidamente muchos secretos–. ¿Por qué se te ocurre pensar en fantasmas?

–Estábamos el portero y yo solos, los dos hemos notado una presencia, una mirada vigilante, el hombre se ha asustado.

–La gente del barrio no se siente a gusto sin sus fantasmas, es una tontería, por lo demás.

Ni una palabra de via Nilo, nada sobre cuándo me invitaría por fin. Yo, por supuesto, tampoco, había que esperar paciente. Impenetrable, tío Pepito estaba midiendo mi firmeza.

El jueves a las ocho treinta, como un clavo, llegué al Circolo Nazionale dell'Unione vestida de azul marino, collar de perlas, medio tacón y maquillaje imperceptible; mi pelo rizado a lo Botticelli servía de femenino contrapunto a la austeridad excesiva de mi aspecto.

El círculo, situado en el edificio contiguo al teatro San Carlo, es el refugio de la antigua sociedad napolitana, muy disminuida por la emigración a Roma tras la segunda guerra mundial. Sus salones del siglo XIX con columnas y espejos estilo Luis XVI no han sido ni mínimamente transformados. El club respira empaque y hace gala de una fuerte voluntad de conservar su identidad y su distancia de la agitación del mundo. El círculo posee un magnífico palco propio en el teatro San Carlo, al lado del Gran Palco Real, que es su tesoro y una proclama de vocación musical, ¡por algo estamos en Nápoles!; viene a ser un equivalente del palco maestrante en los toros de Sevilla. El restaurante, rectangular, ultraclásico, tiene calidad, lo más encantador es su enorme terraza sobre los bellos jardines del palazzo Reale, el mar y el Vesubio, ideal para las noches de verano. Un detalle incongruente es la palabra Nazionale, llamarse Circolo Reale o Borbónico es lo que de verdad le iría.

Conocí a unos cuantos parientes y tres o cuatro amigos de tío Pepito, cuidadosamente seleccionados por su capacidad para extender noticias rápidamente en los ambientes que mi tío consideraba estratégicos.

Dos primas lejanas, ya mayores, me parecieron encantadoras, elegantes, poco pudientes, llenas de bondad, amabilidad sincera y distinguida escuela resignada; nos caímos simpáticas, y nos vimos de vez en cuando, siempre con gusto, a partir de esa cena.

Tío Pepito se quedó satisfecho de mí en general: traje, conversación, modales. Cuando se fueron todos me dio su aprobación concisamente.

–No lo has hecho mal, sobrina. Pasado mañana pasaré a

buscarte a la piazza Amedeo a las siete y media. Tenemos ópera.

Una palmada en mi hombro fue su despedida y su manera de tratarme como un colega.

Al día siguiente volví a mis estudios en la biblioteca del palazzo Reale; me apresuraba, iba a intentar verlo todo mientras me daban fecha en el otro archivo.

Pablo llamó muy dolido por mi desatención, le era imposible entender mi ocupadísima vida, le pedí comprensión por unas semanas mientras me estabilizaba.

Esa noche tuve una pesadilla, me espiaban, me vigilaban, andaba y andaba, huía de la mirada terrible que se hundía en mi espalda y me atravesaba como una espada, pero no había nadie, por más que buscaba, nunca nadie. Una mala noche.

Llegó el sábado: ópera en el teatro San Carlo, para mí el más deslumbrante teatro de ópera de Europa, grandioso, rotundo, gran profusión de dorados debidamente oscurecidos en sus 184 palcos, repartidos en seis plantas. Entre ellos surge, fantástico, el Gran Palco Real, nave de cuento, sobre curvas palmeras suntuosas, oro viejo. Las pinturas neoclásicas del techo, muy exquisitas, funden sutilmente todos los colores, incluso la abundancia de terciopelos rojo vino en sillones y cortinas. El escenario tiene un tamaño perfecto y un precioso telón tapiz. El efecto de la sala es extraordinario, tres mil localidades en perfecta armonía.

Stendhal asistió entusiasmado a su reapertura en 1817; después del incendio de 1816, el teatro, que había sido inaugurado en 1737, fue reconstruido en menos de un año. Estrenaron para la ocasión *El sueño de Parténope* de Rossini, y cantó la legendaria soprano madrileña y chamberilera Isabel Colbrán. El gran escritor francés perdió los faldones de su frac a causa de los empujones, pero le valió la pena el estropicio.

Tío Pepito alquila dos plateas excelentes; alguna tarde va al palco del círculo, pero como él disfruta realmente de la ópera prefiere aislarse, sin tener que saludar y distraerse con mundanidades diversas.

Daban *Così fan tutte*, la ópera de Mozart, situada en Nápoles. Tío Pepito me hizo una pequeña introducción: «Una de mis óperas favoritas. Mozart la estrenó en Viena en 1790, un año antes de su muerte tenía ya una vida terrible y sin embargo es una explosión de alegría vivificante. El tratamiento de las voces es genial, hay sublimes tríos, cuartetos, quintetos, sextetos, coros. Mozart consigue una precisión en la delicadeza, una sabia medida de la emoción, produce una caricia tan intensa, tan fina, que te llega a herir, si las voces y la orquesta son de calidad, claro. Por momentos, uno tiene que cerrar los ojos y respirar para reponerse».

¡Fuegos artificiales de música, sin una sola vulgaridad!

Ya empezaba la obertura, me impresionó la limpia acústica del San Carlo.

Desgraciadamente, la escenografía era fea, miserabilista, blanquecina, un poco inspirada en el estilo de la tienda Habitat, trajes de telilla rala, graciosas cofias y dos camas desparejas y deshechas que permanecieron en escena, inexplicablemente, durante toda la ópera. Una típica acuarela dieciochesca de la bahía de Nápoles, proyectada en grande, como fondo, arreglaba algo las cosas. Pero cantaron tan bien que casi olvidamos esa torpona profesión de fe Arte Povera.

En el descanso fuimos a tomar algo al bar; todo es elegante en el San Carlo, los *foyer*, los vestíbulos, los espejos.

Dos *carabinieri* altísimos, marciales, impecables, se paseaban muy tiesos, revisaban con la mirada al público, concienzudamente. Iban muy satisfechos, pues simbolizaban la importancia que da el Estado a una representación de ópera, parte del alma de la nación. Ellos eran la presencia oficial, la necesaria escolta para una sublime expresión artística.

Cuando volvimos a nuestros asientos, recordé a los *castrati*; había leído mucho sobre aquellos ángeles fabricados de voz irreal y pura. Me encantó la novela *Porporino* de Dominique Fernández, el más sensible cronista moderno de Nápoles.

El primer gran *castrato* fue Donatello Coya, muerto en 1656; siguieron Porporino, Caffarelli, Niccolino y el inmortal Farinelli. En 1829 se retiraba de escena Vellutti, el último *castrato*.

Y pasamos lista a la gran catarata de nombres que dio la música napolitana, desde Ferrante Sanseverino, príncipe de Salerno; Carlo Gesualdo, príncipe de Venosa y asesino de su mujer; Giovan María Sabino, Salvatore di Bartolo, Antonio Nola, Francesco Provenzale, Cavallo, Gaetano Veneziano, Alessandro y Domenico Scarlatti, Faggiolo, Giovanni Battista Pergolese, Domenico Cimarosa, Nicola Sabbatino, Paradisi, Leonardo Leo, Gaetano Latilla, Sarro, Vinci, Paisiello, Francesco Durante, Galuppi, Piccinni, Sacchini, Traetta Jomelli hasta Mercadante, director del conservatorio y maestro de Bellini y Donizetti.

Rossini, originario de Pesaro, fue el señor de la música en Nápoles durante más de veinte años y está profundamente ligado a su historia.

Sin olvidar al gran Caruso, más personificado por la cara regordeta y el tupé de Mario Lanza que por la estatua en bronce negro, tan *pompier,* del San Carlo.

Salimos los dos contentos de la ópera, con muchas ganas de cenar en Ciro a Santa Brígida, un clásico excelente, muy cercano. Tomamos la via Toledo, cruzamos el palazzo Barbaja, que perteneció al todopoderoso empresario del San Carlo en el siglo XIX. Allí albergó Barbaja a Rossini y su mujer, la Colbrán; también al tenor Manuel García y familia; allí creció su famosa hija, María García, la Malibrán. ¡Inevitable el caminar sobre cien pasos célebres!

Tío Pepito me largó toda una conferencia sobre ópera, música napolitana y zarzuela española, afición compartida por sus hermanas, que ellas me han inculcado desde pequeña, así que, modestia aparte, fui una interlocutora de altura, y él descubrió, además, una acompañante cómoda para sus espectáculos.

Me dejó en la piazza Amedeo, y al final del trayecto me hizo el anuncio anhelado.

–La próxima semana te dejaré estudiar e instalarte a tu aire; el lunes siguiente quisiera tenerte a almorzar en casa.

¡Me quedé muda! Ya me parecía que no iba a oírlo en la vida.

–¡Ojalá vuele la semana! –le contesté, cortada.

Mi tío se despidió menos distante, se sentía un sátrapa magnífico haciéndome la concesión. Por otro lado, mi compañía le estaba resultando sorprendentemente agradable.

Al día siguiente, domingo, puse en paz mi conciencia: larga llamada a Pablo y otra muy cariñosa a mi abuela y a tía Eleonora, todavía enfadadas conmigo.

Di un paseo al borde del mar, quería fijarme sin prisas en nuestro piso de la piazza Vittoria, en la fachada, el portal, los balcones y toldos. El portero era nuevo, preferí no darme a conocer. Tampoco quería subir, ni hablar con nuestro inquilino, un señor muy correcto de lejano origen francés; me daba rabia, al fin y al cabo, él era un usurpador de pago. Aunque ese día llegué a una conclusión: mis raíces auténticas estaban en la via Nilo, en mi lado Dávalos de Osorio.

Subí en funicular a la cartuja de San Martino, desde cuyos jardines se domina la ciudad, sus torres y cúpulas y toda la bahía; el día era claro, valía la pena, se distinguían muy nítidas las tres islas: Capri, Ischia, Prócida. Planeé una excursión, no me era fácil, yo no estaba de vacaciones, sino dedicada a una investigación, ya lo haría con Pablo cuando viniera a visitarme, el mes siguiente.

Oí misa en la bonita iglesia de la cartuja, al pie del *Descendimiento* de Ribera; me gusta su colorido extrañamente sombrío, melodramático, surrealista.

Almorcé por ahí, estaba acostumbrándome muy fácilmente a la soledad, aunque tenía tantas ideas y proyectos en la cabeza que el tiempo se me hacía cortísimo.

Por la tarde corregí, pasé notas a limpio.

El lunes, el primer día de mi turno de visitas al Archivio di

Stato, vinieron las lluvias; no me convenía la luz tan triste, me angustiaba. ¿Volvería la mirada aquella?

Tommaso Pío Cordi me abrió contrariado.

–Buenos días, osada y terca Isabella, o, mejor dicho, *donna* Isabella d'Accaro. La esperan arriba.

–Buenos días, Tommaso. ¿Hoy más tranquilo ya?

–Señorita, usted no va entrar más por ahí, ya pedirá lo que quiera ver y yo se lo haré llegar a un despacho. Tenemos un índice muy bien hecho.

–Desde luego, Tommaso, aquí manda usted, a pesar de todos los archiveros juntos.

–Soy el veterano de la casa.

Hablé con la archivera del día anterior, y me instaló, muy amable, en un cuarto pequeño, con ventana, mesa y sillas de madera corrientes, y me facilitó los primeros tomos del índice.

Al cabo del rato noté la mirada, se detenía en mi nuca, recorría mi espalda. Salí asustada al cuarto de baño, bebí un vaso de agua y regresé al despacho. Una hora después la mirada estaba ahí de nuevo, acechando, aún más intensa. Reflexioné. La única solución era aguantar el tipo, tratar de acostumbrarme, echarle valor. No iba a poderme el fantasma del archivo; porque, tenía que admitirlo, era un fantasma.

Hice un esfuerzo y concentré toda mi atención en los índices; había tanta documentación sobre don Diego que ya tenía, sólo allí, suficiente información para un libro. Cumplí mi objetivo, a pesar de la presencia inquietante que no me dejó en paz toda esa mañana.

El resto de la semana me organicé un horario disciplinado,

estudioso; aproveché al máximo mi tiempo, no me aburría nada la soledad, mi búsqueda de don Diego me apasionaba más y más.

El fantasma no me importunaba siempre, había días que no aparecía, otros cambiaba de sitio: en la entrada, por la escalera. Tommaso se daba cuenta inmediatamente y se espantaba.

Yo todavía no había seguido el consejo de Tommaso, iría a poner mi vela a santa Patricia un martes, cuando todo empeorara. Intuía que iba a ser así.

En el Pinto recibí alguna llamada aislada para invitarme; la gente de Nápoles es muy hospitalaria, también lo es la sociedad. Di excusas, quería proteger mi libertad necesaria. Las llamadas escasas se debían a mi insólita posición: yo en la pensión Pinto, tío Pepito solo en su palacio de la via Nilo, eso desconcertaba, muchos no querían mezclarse en enredos familiares. Ahora, sin embargo, me favorecía, yo no podía unirme a la rueda de invitaciones y compromisos, sería demasiado absorbente y resultaría imposible dosificar, mantener el ritmo justo que me convenía. Mejor no dejarse atrapar, me ganaría una reputación de rara, huraña, pero cada cosa tiene su precio.

Llegó el lunes. Me desperté al alba, los minutos eran eternos. ¡A la una y cuarto cruzaría, por fin, el umbral de via Nilo!

Me puse un *tailleur* caqui claro, camisa blanca, mis perlas, zapatos lisos marrones; tío Pepito aprecia las *tenues* discretas, de gran calidad y poco aparentes.

Llegué puntual a la via Nilo; Augusto me abrió despacio,

ceremonioso, estaba impecable, para él también era un gran día. Luego me abrazó emocionado.

–Ya has venido, Isabelita, *principessina*, dichosos mis ojos, ¡qué mujer tan preciosa te has hecho!

Esperé sin moverme en un salón a que bajara tío Pepito, aunque me hubiera encantado darme una vuelta, ir al jardín, recorrerlo todo. Tío Pepito constataría que no me tomaba demasiadas confianzas.

Me tuvo un largo rato esperando adrede; entró acompañado de su administrador.

–No sé si recuerdas a Vittorio Emmanuele Druso, nuestro contable factótum. Lo dudo, eras un renacuajo cuando venías, nunca llegué a presentártelo.

Druso, pues así debía yo llamarlo, me saludó con miramientos y fáciles sonrisas de hipocresía. Se le adivinaba la hostilidad.

Miré a tío Pepito, él conocía claramente los sentimientos de su Vittorio Emmanuele, la tirantez malsana le divierte, incluso la provoca, le gustan los odios por pequeños que sean.

Tío Pepito me enseñó la planta baja, la parte noble de la casa, casi todos los salones sin electricidad, por coherencia estética, el jardín... menos la galería grande de pinturas, decorada con frescos y estucos, en cuyo centro está el retrato de Pontormo. Sabía tío Pepito mi ilusión por verlo, y lo había aplazado para más adelante, le deleitaba mi muda decepción.

El palacio de via Nilo lo construyó don Diego hacia 1540, cuando pudo disponer de una fortuna, y se lo encargó al arquitecto Giovanni Donadío; es de piedra oscurecida por los siglos, de estilo Renacimiento toscano puro, clásico, fuerte, sobrio, con elementos de orden dórico exclusivamente. Hay dos patios grandes y dos menores, uno fue acristalado hacia 1910. El primero de los patios, grandiosamente destartalado, tiene en su lado derecho una monumental escalera abierta, muy napolitana, añadida por el famoso Sanfelice en el siglo XVIII, y cuatro imponentes musas de Bernini, otro genial napolitano.

¡Increíble! Lo reconocía todo, cada mueble, cada rincón, yo había estado allí muy pocas veces, pero se había grabado en mi memoria incluso mejor que nuestro piso de la riviera de Chiaia, donde había vivido largos meses.

Pasamos al comedor, elegante, de magnífica simplicidad: tapices, sólidos muebles del XVI, sillas españolas de cuero repujado, con sus clavos de bronce con una A coronada grabada, chimenea de pórfido, de sencilla moldura, dos bustos atribuidos a Pompeyo Leoni y un espejo veneciano de ancho marco en ébano, incrustado de carey.

Después de comer y antes del café fui a lavarme las manos al alejadísimo lavabo de visitas, una ignorancia del confort típica de gran casa. Estaba contiguo a uno de los patios, en el rellano de una escalera de piedra; primero había un tocador y en él una consola pompeyana, y sobre ella, su gran espejo vertical. Me estaba pintando los labios cuando sentí la presencia del fantasma, pero esta vez vi sus ojos, de una negrura penetrante, que me desafiaban a través del espejo; era insoportable sostener aquella incendiaria mirada; me quedé inmóvil, se me cayó el carmín y pringó la consola. Me puse blanca, no había tal fantasma del archivo, como yo creía, era él, él mismo sin ninguna duda, cambiaba de sitio, me seguía.

Limpié con papel el rojo de labios, y en la escalera flotaba el familiar olor a humedad y alcantarilla que yo recordaba desde niña. Ese olor no me desagradaba, al contrario, me tranquilizaba, lo he asociado siempre a los sitios de solera.

Tardé unos minutos en reponerme y reunir presencia de ánimo para volver con tío Pepito.

–Te has perdido, parece, y se te ha puesto cara de extraviada; la casa es muy grande, es imposible que la reconozcas, haberte hecho guiar por Augusto. Ahora me vas a resultar una señorita tímida y miedosa.

No me molesté en aclarar el tema. Hablamos de la casa, de los cuadros y objetos, del jardín...

–¿Te acuerdas de nuestro ruinoso pabellón del jardín, donde siempre he querido dar una fiesta con fuegos, música y gran espectáculo?

–Sí, ya discutías de la famosa fiesta hace trece años.

–Pues ahora que has vuelto tú, y en vista de tu perfección, pienso darla en setiembre o primeros de octubre, hablaré con mis hermanas.

–Muchas gracias por la galantería, tío Pepito, no me la merezco.

–Pues sí que te la mereces, y te advierto que esa clase de frágil perfección tuya es muy efímera, por eso quiero aprovecharla, le vas bien a esta casa.

–¿Hace mucho que no recibes aquí?

–Un baile grande no lo ha habido hace mil años, desde que

nosotros éramos jóvenes; me ha gustado conservar la casa misteriosa, lejana, dormida. Dicen que soy un avaro, pero no es así, voy a regalarte un traje elegantísimo de París. Lo estoy viendo: leve, claro, que flote. Tu abuela te lo elegirá, es única para eso.

Me fui sin ver el ansiado retrato de don Diego, casi lo prefería, no podía con más impresiones.

Llegué al Pinto fascinada, orgullosa de nuestro *palazzo* de via Nilo, de su abrumadora categoría. Me sentía agotada, el sobresalto terrible me había dejado un gran cansancio.

Soñé que me miraban los ojos delirantes, mientras olía a húmedo como en via Nilo, pero no había nada amenazador, me acariciaban el pelo lentamente, era una delicia.

Al día siguiente llamé a tío Pepito para agradecerle el almuerzo y felicitarlo por saber detener el tiempo y cuidar así de su casa.

–Pronto volverás, sobrina. –Él era sensible a ciertos halagos–. No has dicho nada y valoro tu tacto, te confirmo que la próxima vez te abriré nuestra galería de cuadros, podrás estudiar a tu gusto el retrato de don Diego. Antes podríamos visitar juntos el Museo Capodimonte. Veremos si sabes algo de pintura.

–¿Estoy pasando examen, tío Pepito?

–Sí, naturalmente. La observación atenta de las personas es un gran placer o una gran decepción; no te preocupes, estoy sorprendidísimo de tus buenos resultados hasta ahora, no lo esperaba ni en mi pronóstico más optimista. Debo reconocerlo, mis hermanas no han sido tan malas maestras. Eres de los nuestros. Ellas te lo han transmitido.

Ya era mayo, en quince días vendría Lola Cienfuegos, quería ojear unas porcelanas que se fabrican aquí, a la manera del antiguo Capodimonte, por si le interesaba encargarlas para sus tiendas; la acompañaría Antonio Vera, un amigo nuestro muy locuaz y vital, conocido marchante de pintura madrileño, a él también le divertía darse una vuelta por Nápoles.

Lola tenía otras razones personales para desaparecer unos días. Está convencida de que la incertidumbre, si una la prolonga, crea zozobra, y eso obra milagros en asuntos del corazón masculino. Me apetecía la visita, que me sacaría por una semana de mi severa rutina.

Conseguí aplazar la visita de Pablo hasta el mes de junio; él protestó mucho, estaba escamado y hasta celoso, pero muy obsesionado por mí. Lola tiene razón, no hay como tratar un poco mal a los hombres y escaparse; es entonces cuando se vuelven locos de verdad. ¡Qué cansado resulta a la larga!

Le encargué a Lola una novela reciente de Ángeles Caso: *El resto de la vida* –había leído en una revista que trataba de amores con un fantasma–, y una cinta de vídeo, la vieja película de Mankiewicz *El fantasma y la señora Muir*, con Gene Tierney y Rex Harrison. Me intrigaba saber si había alguna situación parecida a las mías.

–¿No estabas escribiendo sobre un general del mil quinientos? ¿Ahora te ha dado por los fantasmas?

–Mis curiosidades, no sé, caprichos.

–En las casas antiguas siempre ha habido fantasmas; no escribirían tantas historias si no fuera verdad o, por lo menos, un poco verdad. ¿Has visto ya alguno? Espero que sea un fantasma guapo, sexy, con «lo que pica el pavo».

–Tú, Lola, sin perder ocasión.

–Seré buena, Isabel, te llevaré tus cosas, y tú preséntame a algún maromo madurito para salir en grupo, no pienses mal, necesito divertirme. Tengo algún problema, lo confieso.

–Por primera vez en tu vida tocada del ala, Lola, tú que siempre los has torturado.

–Y pienso seguir, pero este ejemplar es un duro resabiado, con muchas conchas debajo de la gorra. Alto voltaje peligroso, chica.

–Tengo muchas ganas de verte, Lola, muy buena idea venirte con Antonio, nos vamos a reír. Es muy gracioso, tiene una marcha inagotable.

–¡Inagotable! ¡Qué palabra tan fina! Oye, ¿y Pablo? No sé si te estás pasando de dura. Te lo aviso, Anita Allví se ha puesto en acción, esta vez va de agencia matrimonial. Tenemos que hablar en serio, guapa.

–Iré a buscarte al aeropuerto. Lo prometo.

Llegaban el 16 de mayo, y le pedí a tío Pepito a Augusto y el coche para recogerlos; mi tío estaba amabilísimo, los convidaría a la via Nilo o a algún espectáculo. También le pedí ayuda para buscar amigos que pudieran sacar a Lola y a Antonio. Yo todavía no había visto casi a nadie.

–¿Es para cicerone de la ciudad o con pretensiones de seducción? Ya me explicarás cómo es tu amiga.

–Lola es una venezolana divina, monísima, muy divertida y espontánea. Tiene muchísimo éxito, le encantan los otoñales. ¡Ponte a salvo, tío Pepito!

–Querida sobrina, el otoño me queda muy lejos, disfruto plenamente del invierno de mi existencia. Yo soy un misógino activista, detesto el Caribe y las curvas sensuales. Pensaré en dos posibilidades: un cicerone de calidad, correcto y culto, tu otro amigo es experto en pintura, ¿no?, y un galán elegante, un poco internacional, con gracia y dinero, cosa difícil, pero yo soy un hombre de recursos en esta ciudad, cuenta con ellos, cuando tenga los nombres te llamaré.

–Tío Pepito, estoy pasmada de lo adorable que eres.

–Pues no se lo digas a nadie, es un lapsus, yo disfruto siendo tirano intratable y lo he sido contigo, ahora no quiero ponerme antipático con tus amigos; después de todo, ellos no van a instalarse en Nápoles.

Tres o cuatro días más tarde llamó tío Pepito.

–Isabel, ya los tengo.

–¿A quiénes?

Yo estaba trabajando, ordenando mis notas, concentrada en don Diego, como de costumbre.

–¡A quiénes! A los dos que necesitas.

–¿Para qué los necesito?

Yo seguía en Babia.

–¡Pareces tonta! Me los pediste para tus amigos, te he hecho otras averiguaciones, podrán visitar algunos sitios especiales, les invitarán a algún cóctel.

–Perdona, tío Pepito, millones de gracias. ¡Se me había olvidado! Estaba abstraída con *nostro condottiero*.

–Te cuento, sobrina: el cicerone cultísimo será Mario Marini Enríquez, un arqueólogo, pariente lejano nuestro, mayor que tú, lo has conocido de niña; tiene una preciosa villa neoclásica en Posílipo y uno de los jardines más espectaculares de Nápoles. Conoce a fondo la ciudad, es tristón, un poco plomo y muy local, de buena familia, pero paletón, un buenazo. El seductor canoso y elegante me ha sido más complicado. Me he decidido por Giovanni de Savay, tu inquilino de la piazza Vittoria. ¡Es perfecto! Un barón de origen francés, rico, sofisticado, encantador.

–Lo odio por ocupar mi sitio. Es absurdo. Lo sensato es estar a buenas con él, aunque no pienso poner un pie en esa casa.

–Me alegra que digas «esa casa» y no «mi casa». No hace ninguna falta que vayas allí, es muy comprensible por tu parte; además, es lo discreto.

–Eres un sol, tío Pepito. Lola lo pasará muy bien y ellos también, estate seguro, los dejará boquiabiertos.

Tío Pepito dio su almuerzo para Lola y Antonio Vera; había convidado a Mario Marini, Giovanni de Savay y Nila Valdassano, una de nuestras primas lejanas que tanto me gustaron la noche del círculo.

El almuerzo estuvo animadísimo. Lola, muy ocurrente, y tío Pepito le respondía, con sus muchas tablas.

–Es un tónico la agilidad verbal hispana –concluyó mi tío mientras pasábamos al salón para tomar café.

Antonio Vera, como dice todo lo que piensa, aun a riesgo de ser descarado, le soltó de repente:

–Sé que tiene usted una interesantísima y famosa galería de pinturas, me encantaría verla, si puede ser. Mi profesión es para mí un vicio incurable, sigo ávido por los cuadros.

–Ya lo veo, no pierde usted su tiempo, joven; por aquí uno tiene la prudencia de esperar el ofrecimiento. Sepa que mi sobrina Isabelita aún no la conoce. El pavimento está levantado, he hecho obras, no se puede pisar. Estoy dispuesto a enseñarle el resto de la casa y a indicarle dónde se encuentran las más notables pinturas de Nápoles, demasiadas para que pueda usted admirarlas en una sola semana. Mario se ha brindado, generoso, a hacerles de guía, tienen a su disposición un erudito.

Lola miró indignada a Antonio por la metedura de pata y rompió el hielo, muy expeditiva.

–Para retrato de época, Antonio, no vas a tener ninguno como el príncipe Pepito en persona, parece salido de El Escorial. Podría ser un buen semental de la nobleza si fuera caballo en vez de príncipe, digo.

–Aprecio, Lola, que me considere una antigüedad y que me quiera atribuir ciertas ocupaciones; claramente, no son mis preferidas.

–Una lástima, príncipe, es usted una antigüedad con mucho poderío. Yo lo repito siempre: gallo viejo hace buen caldo.

Tío Pepito se rió a carcajadas.

–Un gallo viejísimo en mi caso.

Nos despedimos de buen humor. No me sorprendió que tío Pepito se mantuviera firme, sin permitirles ver su colección de cuadros, pero nos enseñó su magnífica biblioteca y el resto de la casa, donde también hay otras pinturas, tapices, grabados y dibujos de valor.

Antonio estaba impresionado. Cuando nos fuimos, Lola le regañó.

–Antoñito, te pasaste.

–Y tú, mona, has estado de lo más modosita. Es lógico que yo quisiera ver la galería, hasta es un cumplido mi interés, el hombre es un hueso. ¡Pero qué bien haber conocido este palacio! Es una señora casa, tiene una grandeza aplastante.

Antonio, tan fresco y positivo, sólo pensaba ya en los planes siguientes.

–No te ofendas, Isabelita –me confesó Lola–, vuestro palacio es un museo y un mausoleo. Yo no dormiría en él ni loca, comprendo tu interés por los fantasmas, aquí deben de tener su club. Muy histórico y muy siniestro, si te digo la verdad.

–No me ofendo, Lola, tenemos confianza; mañana y pasado, Mario Marini Enríquez os acompañará a visitar los museos y principales monumentos, yo os veré por la tarde y para cenar. El miércoles podéis ir con él a Pompeya y Herculano, otro día os llevará, si queréis, al palazzo Real de Caserta. Siento no poder estar más con vosotros, pero he de seguir yendo al Archivio di Stato, no puedo desaprovechar mi turno, sería casi imposible conseguir otro.

–¡Viva la madre superiora! Todo me encanta, guapa, pero sin agobiar, frena un poquito, yo también debo mirar lo de mis porcelanas y a ese inquilino tuyo, que es un buen punto.

–Pero Lola, si hay mucho tiempo, os quedáis una semana, hasta podemos ir a Capri o donde os apetezca.

Pasaron pronto los días; por las noches cenábamos en los restaurantes típicos, fuimos a escuchar la saltarina y romántica música popular napolitana y a dar una vuelta por las discotecas para ver el ambiente de la noche, Antonio no lo perdona, es una verdadera lagartija-búho, nos arrastraba incansable.

–Las *boîtes* son algo cutres, las chicas bastante guapas, qué horror esos zapatos de plataforma altísima y todas de negro, de pies a cabeza –nos comentaba mientras bailaba, se reía, invitaba, te enredaba con su ritmo, sus ganas de vivir contagiosas.

Pasaban las horas y seguía pulcrísimo, oliendo a colonia, como salido de la ducha, sin una arruga en la ropa. ¡Asombroso!

Lola salió con Giovanni de Savay, estuvo en la piazza Vittoria y también cenó con Mario. Ella arrasando con los hombres, como siempre.

La última tarde quiso tener una conversación a solas conmigo.

–Isabelita, he estado en tu piso, ¡una maravilla! Ahí sí que querría vivir yo, todo es de un gusto refinadísimo, tiene una elegancia, una luz... Giovanni de Savay es bárbaro. ¡Te has portado! Le gustan de verdad las mujeres y eso le da un atractivo casi fatal, pero yo no he sucumbido; desgraciadamente, tengo algunas razones recientes que me desactivan. Lo siento mucho, hubiera sido sano para mí sucumbir.

–¿Estás mal, Lola?

–Sí, hija, sí, mi centroamericano me ha podido, me importa en serio ese tipo, pero él aparece y desaparece como el Guadiana. Es discontinuo y diversificado, tiene otras, se larga de viaje. Eso me afecta, mejor dicho, me duele, me mata. He decidido pagarle en la misma moneda, volverme misteriosa, perderme, a ver si soy capaz de pincharle un poco. ¡Chica!, te lo confieso, no tengo muchas esperanzas, creo que no le importo. ¿Gustarle?, eso sí, le he gustado un huevo, yo lo sé, pero es un insensible, no le entrega a una ni una uñita, piel de elefante doble tiene el muy cabrón. Digo tacos, Isabelita, tengo que desahogarme.

Se le caían las lágrimas. Preferí distraerla con otro asunto, yo la conozco.

–Lo de las porcelanas era una excusa, entonces. ¿Y Mario, tu otra víctima? No te va nada, es pesado y feote, pero el hombre es educado, parece bueno e inteligente.

Ahora, Lola contestó más vivaracha, el charloteo es más fuerte que ella, yo lo sé.

–Su villa de Posílipo es un sueño, allí y en tu piso me he repuesto yo de tantos desconchones, lamparones y roña. El jardín de Mario, de película: ¡qué vista, qué fuentes escondidas, qué estatuas! Es muy educado ese Mario, ha estado generosísimo con nosotros, pero se ponía muy plomo con lo de «las dificultades en las relaciones eróticas o afectivas, la complejidad psicológica de las mujeres, lo incomprensible y cambiante del ego femenino». He tenido que abreviar a mi modo y lo siento por ti, Isabelita.

–¿Qué le has dicho al pobre? –pregunté divertida.

–Le corté en seco. «En resumen, Mario: ¿cuántos polvos al año?» He estado fatal, ya lo sé, me encontrará una grosera, se quedó mudo, pero me he ahorrado el rollo psiquiátrico.

Yo me moría de risa.

–Tardará en reaccionar, estará pegado todavía.

–¿Y tú, Isabelita? Algo te pasa, te pones al margen, lo miras todo desde fuera. ¿Por qué?

–Lola, estoy muy centrada en mi trabajo, en lo del libro, es un gran esfuerzo; mientras no lo termine me va a absorber. A Pablo le hago poco caso, casi se me olvida que existe. ¡Es tan inesperado!

–¡Pero si estabas feliz antes de venir! Ten cuidado, Isabel, a veces las cosas las aprecia una cuando las pierde; Pablo es un chico de primera en todo, buscadísimo, está fascinado contigo. Yo quería hablarte de esto, su tía Anita ha decidido casarlo con quien ella considera sensato y conveniente. Su presa es María Alguero, la hija única del banquero bilbaíno. Los Alguero, ya sabes, son gente de mucho peso, muy burgueses, de «buenas costumbres». La chica no es una belleza, pero es sana, natural, atractiva, sin complicaciones, deportista, bien educada, hasta tiene su elegancia sosa y lavada. Sería una alianza entre familias, una indestructible fusión económica. Pablo ha visto a María, yo lo sé. Puedes dar marcha un tiempo, lo tienes bebiendo los vientos por ti, pero calcula, Isabelita. Anita Allví es muy larga; según creo, toda la familia de Pablo está en la brecha, y él, al final, desde siempre es un chico metido en un sistema.

–Te lo confieso, Lola, ahora no estoy muy segura de estar enamorada de Pablo.

–¿Hay otra persona?

–Nada de eso, sólo la tesis de don Diego me interesa, me llena la cabeza.

–Isabel, yo ya te he avisado. El resto es cosa tuya.

Antonio Vera me dio un consejo muy categórico:

–Isabel, esto es fantástico y decadente, pero no te conviene quedarte aquí mucho, en el fondo estás alicaída. ¡Claro! Debes de tener telarañas y polvo metidos en los pulmones. Se impone una cura de desintoxicación, unos días en una playa de moda, un hotel moderno, un buen jacuzzi, gente guapa, escuchar «Los cuarenta principales», cochazos alrededor. Una urbanización de lujo que huela a césped recién cortado y a pintura. Yo me ocupo de reservártelo el mes próximo. Haz un corte o te va a comer la polilla y la ranciedad. Hazme caso, me preocupas, te quiero mucho, lo sabes.

Había pasado con ellos unos días muy simpáticos, pero cuando se fueron me quedé aliviada; podía volver a lo mío sin perturbaciones, sin compartir mi atención, podía vivir libre mi mundo nuevo.

Las noches pasadas había seguido soñando con aquellos ojos, aquella presencia del fantasma, pero menos nítidamente; ahora yo quería mis sueños, quería mi calma, los esperaba.

Leí la novela de Ángeles Caso, un amor triste y denso. Vi *El fantasma y la señora Muir.* Los dos fantasmas en cuestión nada tenían que ver con el mío. Uno era el doble de un hombre ya conocido y amado, el otro salía de un retrato, vivía en una casa. Aparecía, ¡zas!, despampanante, tenía sus conversaciones, le dictaba a ella un libro. El mío se manifestaba difusa y gradualmente, penetraba en mis sueños y, de alguna manera, yo lo llevaba en mí. ¿Sería yo una alma cándida dejándose perturbar por aquel fantasma napolitano y zascandil?

Volví a mi vida estudiosa. Mi recopilación de los papeles en el Archivio di Stato avanzaba bien, me estaba volviendo muy eficaz.

Mi tío me llamó tras un silencio de más de diez días –viajaba a Roma–; a su vuelta, el 3 de junio, a las 11 de la mañana me convocaba para enseñarme el retrato de don Diego. Yo no había intentado ni acercarme a la via Nilo en su ausencia. Vittorio Emmanuele Druso, muy obsequioso, me telefoneó para ponerse a mi servicio y la casa a mi disposición; yo podría, por supuesto, venir a trabajar cuando lo quisiera, no tenía ni que avisar. El pobre me creía demasiado tonta para caer en su pequeña trampa, pero yo conocía el carácter de tío Pepito, y se lo aclaré: «Druso, le agradezco su buena intención, pero esas instrucciones no me las ha dado el príncipe. Iré por allí a su vuelta». No iba a permitir ni la mínima ocasión para un malentendido entre los dos, como pretendía Druso.

Hacía calor el 3 de junio; a las 9 de la mañana ya saqué mi máquina de vapor para estirar el camisero blanco de hilo y acudir elegante a via Nilo. Me enfrentaba ese día al famoso retrato.

Tío Pepito me recibió cariñoso, había apreciado mi distancia respetuosa, probablemente le había sugerido algo Druso para paliar su resbaladiza iniciativa.

–Querida sobrina, es un gusto verte, me estoy aficionando a ti, nunca me decepcionas, lo que es extraordinario. Ven, te voy a enseñar mis tesoros.

Silencioso y grave me condujo hasta la galería, yo casi no podía contener la emoción.

La gran galería rectangular es imponente; la enriquecen ondulantes estucos muy barrocos, el techo y los medallones pintados por Lucca Giordano y un suelo precioso, baldosas rojizas mates, recorridas por un motivo de cerámica multicolor. Al fondo reina el Pontormo, rodeado de su corte de grandes cuadros: un inquietante martirio de verdosas carnes de Guido Reni, dos Solimena, un Mattia Preti, un Giovanni Battista Caracciolo, dos Vaccaro, un Giaquinto, un Salvator Rosa, un Stanzione, un Ribera dramático, unas deliciosas vistas de Antonio Joli...

Aguanté paciente las larguísimas explicaciones pictóricas de tío Pepito y el ansia por correr ante el retrato de don Diego, tan presente que me parecía que me estaba llamando.

La figura de don Diego me la sabía de memoria por el grabado, pero la pintura y el colorido la mejoraban muchísimo, la revivían. A mí me resultaba extraño verlo así, transformado, iluminado: rojo brillante de la gorra y el calzón, suave tostado del jubón, blanco azulado de la camisa, negro de la empuñadura de la espada, carne morena clara, pelo castaño, gran oscuridad en los ojos, boca golosa, redonda, fresca; roble de la lanza, poderosas manos, tenue reflejo de las uñas, oro de la cadena, bronce del medallón. El fondo era otro, unos muros lisos, militares. ¡Un impacto el cuadro! El contraste de sus tonos secos, elegantes, comedidos: el talle joven, flexible pero erguido, plantado sin remilgos, orgulloso. Y la mirada, negrura penetrante y desafiante, una mirada insostenible, era la misma del espejo, ¡sin la mínima duda! Yo me empeñé en responder a esa mirada. Me quedé inmóvil, como hipnotizada, la voz de tío Pepito se iba alejando, casi ni la oía, el resto del mundo dejó de existir para mí durante un tiempo, no sabría decir cuánto.

¿Notó tío Pepito ese éxtasis que se había apoderado de mi persona? De repente, le escuché de nuevo claramente:

–El cuadro fue pintado por Pontormo en Florencia, entre mil quinientos treinta y siete y mil quinientos cuarenta; don Diego tenía excelentes relaciones con el gran duque Cosme I de Médicis, pues era amigo de infancia de Leonor de Toledo, su mujer española, la hija del virrey de Nápoles, don Pedro, marqués de Villafranca.

Pontormo, cuyo verdadero nombre era Iacopo Carucci, fue pintor de cámara del gran duque de Toscana antes de que este príncipe se rindiera por completo al arte del Bronzino, en la década de 1540. Yo prefiero al Pontormo; para mí, Bronzino es frío, estatuario.

Me costaba concentrarme en las palabras de tío Pepito, palabras del máximo interés para mí; tardé bastante en reaccionar, en aterrizar, después de aquella ausencia mental increíble.

Por la noche soñé con él; ya no más un fantasma, su identidad se había revelado. Mi sueño tenía una rara autenticidad, era más verdad que cualquiera de mis realidades.

Don Diego se acercaba a mí, empezaba a acariciarme despacio, tiernamente, el pelo, el cuello, olía a humedad, como en via Nilo.

Muy suavemente me bajó los tirantes de mi camisón de seda, la prenda se resbaló y me dejó desnuda. Él me contempló despacio, largo rato. Nada más. Yo sentía su aliento, la espera, el deseo. Al día siguiente, cuando me desperté, vi mi camisón tirado por el suelo.

Las noches se sucedían con más sueños; aquello era una relación erótica lentamente progresiva de una sorprendente exquisitez, intensamente placentera, como yo no recordaba haber sentido nunca.

Los sueños eran cada vez más largos, mi relación sexual, ¿onírica?, con don Diego era ahora total, diferente, perversa. Por la mañana me avergonzaba mirarme al espejo, me atormentaba una noción de culpabilidad pecaminosa. ¡Yo, una chica moderna, libre y sólo por unos sueños!

Lo más preocupante eran las pruebas evidentes de mi relación con él: las marcas y las huellas en mis sábanas, en mi pelo, en mi piel (éstas permanecían varios días), el desorden de mi cama, el hueco de otra cabeza en mi almohada, impregnada del mismo olor a humedad que en via Nilo. A veces tenía que ventilar mucho para hacer desaparecer el olor aquel.

Don Diego jamás me hablaba, todo sucedía en un silencio absoluto.

Durante uno de mis sueños él me marcó una D mayúscula con la uña, en la espalda, justo encima de la cintura; me hizo daño. A la mañana siguiente ahí estaba la D bien visible, roja como los arañazos, una D de caligrafía antigua, exacta a los documentos del siglo XVI. La señal me duró unos diez días; empecé a aterrorizarme.

Yo seguía distanciándome de Pablo, hablábamos menos por teléfono; él decidió venir a verme, yo le rogué que aplazara un poco su llegada, hasta finales de junio.

–El día quince pienso ir a Nápoles, necesito una aclaración, tú puedes decir misa. Si no quieres continuar conmigo, lo dejamos. Pero, Isabel, vas a explicarme toda la verdad, cara a cara. Me lo debes.

–Pablo, si yo ahora quiero que vengas. Necesito unos días contigo, pero en esa fecha, mis condiciones meteorológicas no son las buenas.

–¿Ah, sí? Lo entiendo. Entonces el veintiuno estaré allí, pero no admito ninguna discusión ni cambio. No sé si estás jugando conmigo, no me parece tu estilo, pero la gente también decepciona y puede ser muy distinta de la imagen que da.

Una semana después descubrí que un tipo me seguía discretamente. Porfirio, el camarero de la pensión, se chivó: el portero había dado informes míos a una especie de detective a cambio de una sustanciosa propina.

Le pregunté a Tommaso, el del archivo, si alguien había venido a indagar sobre mí; lo negó, pero mentía muy mal.

Pasados unos días, Pablo cambió bastante de actitud; en nuestras conversaciones no estaba ya agresivo conmigo. Resultaba fácil averiguar la causa. Era él quien había contratado al detective para enterarse de mi vida.

Los celos son malos consejeros, aunque yo no hubiera esperado eso de Pablo, era una falta de respeto vergonzosa, indigna de una persona de honor.

Reconocí el manejo de Anita Allví; ella estaría convencida de algún devaneo mío napolitano. Así se demostraría mi falsedad, y mi noviazgo con Pablo quedaría zanjado. Anita tendría así el camino libre para su apetecido proyecto matrimonial.

El día 14 de junio tuve mi inconveniente mensual; durante seis días no soñé ni uno con don Diego, un descanso, un alivio; mis negruzcas ojeras desaparecieron.

Pablo llegó como un clavo el 21; tenía un aspecto magnífico, estaba fuerte, alguna cana surcaba su pelo, detalle que tanto mejora a los hombres. Había perdido un poco de su triunfante autoconfianza aniñada, y eso también le sentaba muy bien.

Me esforcé en perdonar su fea conducta y ser una chica adorable, por gratitud a mis buenos recuerdos, y lo conseguí; él lo pasó muy bien conmigo, pero yo me quedé totalmente indiferente, a pesar de mi cariño por él. Pablo ni se dio cuenta, estaba seguro de haber sido maravilloso, incluso en el terreno del amor físico. ¡Por supuesto! Los chicos de éxito suelen carecer de autocrítica, cualidad ya escasa en la mayoría de los machos y más si son ibéricos.

El contacto con Pablo fue como comer sin sal al lado de mis sueños de don Diego.

Le hablé a Pablo sinceramente, le expuse mis dudas sobre nuestra relación. Él se negaba a cortar, me pidió unos meses de reflexión. Me recomendó un tratamiento psicológico cuando le conté, muy por encima, la obsesión que estaba viviendo. Todo muy previsible, eso era lo peor; muchas veces me sabía de antemano sus respuestas.

Cuando se marchó mi soltero de oro, me quedé más ancha que larga, los días de descanso me sentaron de maravilla, ni me acordaba de mis miedos.

A primeros de julio, los sueños volvieron, no sé si llamarlos pesadillas, pues el placer era nocturno y el terror diurno; mi cansancio y mi temor crecían.

Los días más largos del año me dan tónica vitalidad, son mis preferidos por temperatura, alegría, fuerza y colorido de la luz. Aquel julio, al contrario, eran extenuantes.

El tercer martes del mes decidí acudir a San Gregorio Armeno, el convento recomendado por Tommaso; necesitaba paliar mi angustia.

Para llegar se toma la pequeña via San Gregorio Armeno, una atracción única de la ciudad, atestada de tiendas típicas donde se venden los nacimientos napolitanos y sus innumerables personajes; calle estrecha, abigarrada y colorista donde las haya. Estamos en pleno corazón de Spaccanapoli.

El edificio de San Gregorio Armeno fue construido entre 1574 y 1580 por el arquitecto Giovanni Battista Cavagna, siguiendo las reglas de la Contrarreforma. Es un convento de monjas de clausura. El santuario es pasmoso: oculta, ya que está casi siempre cerrado, una de las más bellas escenografías barrocas napolitanas. Los frescos del techo son obra de Teodoro di Enrico (1580), un pintor de origen flamenco. La iglesia se mantiene en penumbra, así los ornamentos de estuco dorado y la policromía de los frescos se aprecian en su intensidad debida, sin perder su misterio.

En palabras de Dominique Fernández, en *El volcán bajo la ciudad*, «parece una rocalla, pero en vez de roca y piedra, el caramelo ha proporcionado la materia para este antro tapizado de rugosidades carnosas, excavado por la mano de algún querubín pueril. Nada en común con el estilo nata montada de las iglesias bávaras o austríacas; aquí, la atmósfera es sombría, dorada, densa, arcaica, es un estilo de antes del erotismo, un estilo de guarida, a pesar del refinamiento extremo en cada detalle».

La iglesia está dedicada a santa Patricia, una santa muerta joven que pertenecía a la familia imperial de Constantinopla y se refugió en Nápoles para no faltar a su voto de castidad. En San Gregorio Armeno se guardan sus reliquias y su sangre dentro de una ampolla de cristal. La sangre se licua el 25 de agosto y todos los martes. Las monjas han preferido no difundir este prodigio y custodiarlo sólo para ellas, así es mucho menos conocido que el milagro de la sangre de san Genaro o de san Pantaleón en Madrid.

Puse una vela a santa Patricia, recé tres avemarías y salí al claustro en busca de alguna monja; me metí por varias salas contiguas y al cabo de unos minutos di con una.

–Hermana, buenos días. Ave María Purísima.

–¡Alabado sea Dios! ¿Qué hace usted aquí?

–Perdone, hermana, buscaba a alguna de ustedes, sé que este convento conserva testimonios de mi familia, soy sobrina de José Dávalos de Osorio, el príncipe de Altáquila.

Sabía yo que los Altáquila habían protegido este convento y hecho donaciones importantes desde hacía siglos.

–¡Ah! Sí, claro. ¿Cuál es su nombre?

Le enseñé mi pasaporte español: Isabel d'Accaro y Dávalos de Osorio, mis abuelos maternos, que eran primos, tenían el mismo apellido.

–Déjemelo, si no es molestia; voy a pedir permiso a la madre abadesa.

En seguida volvió.

–La madre abadesa le ruega la disculpe por no venir ella misma y me autoriza a mostrarle el retrato de su antepasada *donna* Béatrice Luna di Aragona.

«Qué extraño», pensé: no tenía la menor idea de ese cuadro en San Gregorio Armeno.

Me anunció la monja que en una pequeña sala se encontraba un gran retrato, atribuido a Bronzino, de Béatrice Luna di Aragona, la nuera de don Diego, asesinada por él cuando fue sorprendida en amorosa cita con el paje Aldo Bari, según la versión oficial de los documentos, aunque en alguno se afirmaba que la pobre Béatrice era inocente y fue víctima de una siniestra venganza.

Este tema me faltaba por investigar a fondo, lo había reservado para más adelante, cuando pudiese ir a la biblioteca de tío Pepito, allí iba a encontrar muchísima información.

Béatrice era la sobrina de la mujer de don Diego, doña María Luna, y al quedar huérfana se crió en casa de sus tíos como su pupila.

Me acerqué al cuadro, un Bronzino muy posiblemente, yo no podía afirmarlo, pero parecía tener la calidad de ese pintor. Béatrice era una mujer joven, de pelo castaño dorado, vestida de azul violeta; parecía ausente, un poco muerta, me fijé en las facciones. ¡No podía creerlo! La monja me miró y se tapó la boca con la mano, para ahogar un grito de impresión. Béatrice era igual a mí, los mismos ojos grises, los mismos pómulos altos, la misma boca, la misma nariz, podía haber sido mi retrato, incluso las manos eran idénticas.

Me volví hacia la monja.

–Hermana, ¿ve usted también este increíble parecido?

–Es realmente extraordinario, casi inverosímil. Usted tiene que volver, debo contárselo a la madre abadesa; dígame dónde puedo encontrarla.

Le apunté, nerviosamente, mi teléfono y mi dirección.

–¿Desde cuándo está aquí el retrato?

–Lo trajo el cuarto príncipe de Altáquila, don Fadrique Dávalos de Osorio; era muy devoto, le incomodaba conservar en su casa la imagen de la abuela pecadora.

–¿Sabe en qué año, hermana?

–Hacia mil seiscientos veinte, conozco todos los detalles porque nos han preguntado mucho por el cuadro y una experta lo ha estudiado hace poco; ha llegado a la conclusión de que es un Bronzino auténtico, muy raro en Nápoles.

Pensé en el retrato; tenía razón tío Pepito sobre Bronzino, tiene un estilo demasiado frío y dibujado, helador y estatuario, diría yo, priva a sus personajes de toda humanidad, los hace distantes, irreales, hasta endiosados. No es mi preferido.

Pero si la pintura llega a tener más vida y aliento, creo que me hubiera desmayado. El parecido me aterraba, veía claramente un abismo abierto esperándome, y comprendí que me estaba reservada una misión especial y cruel.

¿Y el silencio de tío Pepito? Él lo sabía todo, por supuesto, y era un cómplice de mi destino, estaba cumpliendo, él también, un cometido extraño y siniestro.

Ahora debía conocer toda la verdad, era de gran importancia para mi libro y era vital para mí. ¿Por qué tío Pepito lo había ocultado? ¿Por qué era yo la doble de Béatrice?

El miedo y la inquietud me acompañaron el resto de día; la noche llegó y con ella, como yo ya presentía, un encuentro con don Diego: largas, dulces horas de amor completo, tierno, especialmente apasionado; la última mirada de don Diego, mansa, suplicante, casi infantil, parecía pedirme que no debía luchar, que debía aceptarlo y entregarme a él, a esa incógnita que se me pedía desde el pasado.

Pero la luz del día me trajo fuerzas, recobré mi rebeldía, las ganas de saber hasta el final el misterio que me cercaba. Iba a ir a buscarlo para revelarlo y salir victoriosa. No me rendiría.

6

CARA A CARA

Reflexioné mucho aquella mañana antes de ir a la via Nilo; frené mis impulsos, necesitaba prudencia y discreción, que eran las dos cosas que tío Pepito más respetaba. Debía armarme de cuanta información pudiera sobre el asunto Béatrice Luna y entonces planteárselo a mi tío. Así sabría yo claramente qué preguntas hacerle: él tendría menos tiempo de ocultarme cosas y yo mayor posibilidad de averiguar si realmente tío Pepito era mi enemigo. No estaba segura de eso, tenía intuiciones contradictorias e iba notando día a día una solidaridad familiar, un cariño y un entendimiento que se estaban instalando entre los dos, a pesar de él.

Decidí ser fría, recobrar mi mentalidad de investigadora, continuar mi trabajo sobre don Diego en el Archivio di Stato y en nuestra biblioteca, pero dándole máxima prioridad al asunto Béatrice.

A finales de julio ya conocía, a través de los documentos, la vida oficial de Béatrice. Había nacido en Nápoles en 1536, hija de Antonio Luna y Aragona, duque de Mollvano, y de su mujer, Giulia Recellai, de antiquísima familia florentina; su madre y sus tres hermanos sucumbieron a una epidemia de viruela cuando Béatrice tenía cinco años. La muerte accidental de su padre, dos años más tarde, hizo de Béatrice una riquísima heredera. El único pariente próximo de la niña era su tía María de Luna y Aragona, la esposa de don Diego Dávalos de Osorio, y a ella le fue encomendada su tutela. Así, en 1544, Béatrice, con casi ocho años, fue a vivir a la recién estrenada casa de via Nilo, junto a sus tíos y primos, el mayor de los cuales, Pedro, de su misma edad, pronto se convirtió en su prometido. Los muchos feudos y varios títulos que Béatrice aportó iban a dar gran solidez económica y añadir prestigio a la familia Altáquila. Béatrice murió asesinada el 9 de setiembre de 1557, a los veintitrés años de edad; dejó dos hijos varones, y era nuestra antepasada en línea directa. ¿Eso podría explicar por causas naturales nuestro extremo parecido tantas generaciones después?

Béatrice se casó a los dieciocho años, muy joven para los tiempos actuales, pero inexplicablemente tarde para entonces. Cuando la niña cumplió los trece, se le pidió al emperador Carlos su consentimiento para la boda, quien lo concedió sin tardanza. Era el año 1549. También el papa dispensó el parentesco, y Cosme de Médicis, por su parte, como soberano de la Toscana, dio su permiso aquel mismo año. La demora de un lustro, inusitada en el siglo XVI, fue mi primera sospecha.

La boda se celebró en Florencia el 15 de enero de 1554. Allí, en la corte de los Médicis, pasó Béatrice largos meses al amparo de la gran duquesa de Toscana, Leonor de Toledo; Leonor era la hermana de don García de Toledo, el primer duque de Fernandina, compañero en las armas y en la mar de don Diego. La española se había casado con Cosme de Médicis en 1539, siendo su padre, don Pedro de Toledo, virrey de Nápoles. Bronzino nos ha transmitido, hasta hoy, la imagen de Leonor: una mujer llena de atractivo y lozanía.

A finales de 1553, el mismo Bronzino, pintor de cámara de Cosme I, terminó el retrato de Béatrice que está en San Gregorio Armeno, el retrato del increíble parecido.

¿Por qué una boda en Florencia? El sitio lógico para la ceremonia hubiera sido Nápoles, cuna de ambos, donde Béatrice había crecido. Doña María Luna, su tutora y tía, había muerto varios meses antes de ser, por fin, su suegra. La tutela de la joven Béatrice fue legalmente transferida a don Diego; yo no había visto el testamento de doña María Luna, un documento clave. Los meses y la boda florentinos eran otro misterio. Don Diego, que no estuvo presente en la boda, como tutor de la novia y padre del novio envió un representante, apoderado suyo.

Béatrice y Pedro, marido y mujer, se trasladaron a Mollvano, un pueblo perdido de la Basilicata, de viejo castillo y hermosa basílica, dominando un agreste y desnudo paisaje. Fue un retiro fuera del mundo, un retiro feliz. Pedro y Béatrice se adoraban, a pesar de que su matrimonio había sido un arreglo de familia; así lo demuestran varias cartas y las poesías que Pedro le dedicó después de su muerte y el hecho de que rehusara volverse a casar en su viudedad. Pedro nunca consintió en descolgar el retrato de Bronzino de su habitación, a pesar del público adulterio de Béatrice y el crimen de honor al que hubo de enfrentarse don Diego, su propio padre. El obstinado amor de Pedro, el culto a la memoria de ella tras este hecho, tan infamante entonces, era otro enigma.

Béatrice dejaba dos hijos, Fadrique y García; la niña, María, había nacido muerta meses atrás.

El proceso de su asesinato establece que fue el propio don Diego quien la apuñaló, delante de su séquito, en via Nilo; se precisa que fue sorprendida en flagrante adulterio con Aldo Bari, un hermoso paje joven, que fue ahorcado y descuartizado al día siguiente, según la horrible y bárbara costumbre descrita por Stendhal en *Los Cenci*. Don Diego había sido avisado de la conducta de su nuera; así pues, fingió salir de viaje y volvió de improviso, sigilosamente, para comprobarlo. Allí constató ante sus ojos y los de su comitiva, que le sirvieron de testigos, la escabrosa escena, y fiel al antiguo código del honor familiar, él mismo reparó la infamia, dando inmediata muerte a Béatrice y castigando al paje, con arreglo a su condición. Nadie osó preguntar a don Diego por qué había asumido él el papel del marido celoso y ofendido. Pedro, su hijo, había sido alejado dos días antes; su padre le había encargado supervisar unos trabajos en la villa que la familia poseía en Pozzuoli.

Dentro de una despellejada carpeta, casi rota, detrás de unos libros, encontré varias cartas de Aldo Bari fechadas años después, en las que le reclamaba a don Diego unos pagos pendientes. ¡Aldo Bari! El paje rubio de veinte años, el que tenía una de las voces más bellas de Nápoles y enamoraba con su canto, un ídolo adorado en su barrio, que había sido enviado y muy recomendado por don Diego a su nuera, reaparecía once años después... ¿A quién habían ahorcado en su lugar?

En la carpeta encontré también una carta muy anterior, de gran interés: la abadesa Laura Gaetani se la dirigía a su parienta María Luna di Aragona; le recomendaba paciencia ante los abusos, desórdenes y excesos de don Diego y le exhortaba a alejar inmediatamente de la casa a su sobrina Béatrice, ingresándola en su convento. Béatrice tenía entonces catorce años; al parecer había sido pupila en un convento, probablemente el mismo donde era abadesa Laura Gaetani, yo lo comprobaría en el Archivio di Stato, donde había mucha información sobre monasterios y órdenes. El refugio religioso de Béatrice explicaba la demora en celebrar su matrimonio, extrañísima tras el permiso de Carlos V y la necesidad de protegerla de una amenaza peligrosa. Yo tenía ya un convencimiento: esa amenaza fue don Diego, me faltaba constatarlo, pero estaba segura.

Don Diego seguía visitándome en sueños; si en la realidad yo estaba conociendo muchas de sus facetas siniestras, en mis sueños, él era el más maravilloso y placentero, siempre silencioso, pero capaz de las miradas y expresiones más tiernas y entregadas. Si su presencia me faltaba varias noches seguidas, la pena, el mal humor y el decaimiento me invadían paulatinamente. Entonces, mi único consuelo era el olor a humedad de via Nilo, una droga calmante para mí.

Ahora comprendía muy bien el miedo de la abuela y de la tía Eleonora, ellas debían de conocer el retrato de Béatrice; a veces yo también me aterraba. ¿Me esperaría, como a ella, un destino trágico? Béatrice murió a los veintitrés años, mi misma edad; no se me había ocurrido pensarlo antes. ¿O tendría yo la misión de reparar su memoria y desmentir la secular calumnia?

A primeros de agosto, Pablo rompió conmigo; una semana más tarde, ante mi impasible resignación, me llamó muy alterado. Me propuso que pasáramos unos días juntos, tía Eleonora nos ofrecía su casa de Sanlúcar. ¡Muy moderna, mi tía! Pablo me pedía un último intento de salvar nuestro amor, me confesó que estaba saliendo con María Alguero, para gran satisfacción de Anita Allví, de su familia y de toda la banca catalana. Pablo me aseguraba que el enorme contraste entre las dos le había redoblado la nostalgia y la necesidad de mí; no estuvo muy galante el chico con la pobre María, su futura esposa, seguramente. ¿Por qué serán tan desleales?

Sanlúcar de Barrameda es una vieja ciudad gaditana situada en la desembocadura del Guadalquivir; su gente siempre la ha llamado pueblo, fieles a la llaneza de casta. Es una ciudad alejada, fuera de los caminos, porque no está de paso, así que se ha preservado y permanece como el centro de sí misma.

En Sanlúcar hay dos mitades: un barrio alto antiguo, blanco y orgulloso, barrio de palacios, de bodegas y de muchos muros herméticos, es su parte señorial y campesina. La otra mitad es el barrio bajo, comerciante, marinero y, en sus tiempos, el balneario de postín de Andalucía. A las dos partes las une una calle animadísima, la calle Ancha, la de las tiendas de pro, la de los buenos bancos y confiterías, su espina dorsal. Sanlúcar se termina sobre la arena, a la orilla del gran estuario del río, un río que se mezcla con el océano, frente a las inquietantes dunas del Coto de Doñana.

Tiene este sitio mucha alegría, vitalidad y una vegetación pujante, debido a su especial humedad y situación. Su orientación hacia poniente le da una extrema intensidad de luz. La población se agrupa y desciende, formando un teatro para la puesta de sol, la más lenta y roja que yo he visto. Sanlúcar está cargada de historia, de glorias pasadas, de iglesias y conventos magníficos.

Hacía ya varios años que no iba por Sanlúcar, un sitio de mi predilección, por su mucha vida y su atractivo; tengo allí muy buenos recuerdos de niña, cuando íbamos regularmente a casa de tía Eleonora. Es Sanlúcar, curiosamente, una parienta de Nápoles en el trajín, la exuberancia, el colorido, las plantas y hasta el olor, exceptuando el suculento aroma de la manzanilla.

Evoqué la gran casa, blanca de cal, de tía Eleonora, el patio, sus mecedoras y macetas, el son de la fuente de mármol, el fuerte perfume a jazmín o a azahar en primavera. A José, el mozo de comedor, apodado la Genaria, que significa gerania en castellano central; un académico bien quisiera el lenguaje florido y la imaginativa libertad verbal de la Genaria. Y a Dolores, la portera, que daba lecciones de sevillanas a las niñas en su portería cuando se acercaba la feria.

Yo también recibí sus clases y sus inolvidables recomendaciones:

–Sin sustos ni zapatazos, sin aspavientos, niñas, suavecito... eso, como las olitas del mar... elegantes. ¡Digo! Se baila así, con un modito fino. ¡Niñas, derechas! Nada de retorcerse, ni de levantarse las faldas, que no estáis en plan de artistas, que os miran los hombres y son unos bichos muy malos.

–¿Qué les pasa a los hombres, Dolores?

–¡Pues na! Que tienen una arma de fuego en el pantalón y ustedes no lo sabéis, por eso hay que bailar como señoritas. ¡Tuviera que ver!

Pensé que podríamos ir alrededor del 15 de agosto, ese día era la fiesta y la procesión de la patrona, la Virgen de la Caridad, que tanto me había impresionado cuando la vi por primera vez. Recuerdo la pequeña y delicada imagen en su templete de plata de 1618, armonioso y bellísimo; la rodeaban cientos de docenas de nardos e incienso, una mezcla de perfumes penetrantes que emborrachaba un poco. La Virgen, sobre su paso, iba bajando la empinada cuesta de Belén, a hombros de sus costaleros, entre olorosos ligustres, las tapias y rejas del centenario y tropical jardín de los Montpensier y los altos, misteriosos muros encalados y almenados del viejo palacio de los Medina-Sidonia, muros decorados de improviso, en un rincón, por extraños animales góticos. La luna salió al encuentro de la Virgen al pasar la iglesia de la Merced, majestuosa y serena; a sus pies, los tejados y las azoteas de Sanlúcar, grandes palmeras, luces inciertas que se perdían a lo lejos, en el río, el coto y el mar. La Caridad se dirigía hacia el barrio bajo, corazón de su pueblo, y la gente se apiñaba, fervorosa, esperándola, vestida de estreno.

Me tentaba la proposición de Pablo, pero sobre todo por escaparme un poco, por el gusto de ir a Sanlúcar, no por él; yo debía reconocer que, interiormente, ya había pasado la página de Pablo. Era mejor dejar así las cosas. Renuncié a mi viaje a Sanlúcar, me pareció lo más justo.

Tío Pepito me anunció su intención de dar su famosa fiesta en el jardín y para mí, cosa bastante discutible a mediados de octubre. Mi tío no se olvidaba de mi traje, debía ser elegido por mi abuela, teniendo en cuenta sus sugerencias; sus hermanas viajarían a París a finales de agosto, él nos invitaba a las tres a pasar unos días juntas y a dar rienda suelta a todos nuestros caprichos y frivolidades en la ciudad más propicia del mundo.

¡Claro que acepté! ¡Cuánto iban a divertirse las dos! Las echaba de menos, tenía muchas ganas de verlas, íbamos a disfrutar como en los buenos tiempos; me pareció muy generoso por parte de tío Pepito, pero inesperado, raro, nunca había hecho algo así, no sé por qué me resultaba alarmante.

Mientras llegaba esa fecha yo seguí a lo mío, investigando la vida de don Diego, cada vez más a fondo, reuniendo más datos. Supe que, en efecto, Béatrice había estado unos años en el convento de Santa Maria dell'Agnello, la abadesa era su parienta Laura Gaetani. Su tía y tutora, María Luna, la había enviado allí. Encontré el testamento de doña María Luna, y en él se hacía constar su firme voluntad de que su pupila no volviese a via Nilo hasta después de casarse con su hijo Pedro.

Había que protegerla de su tío, estaba claro, tanto como la vida desenfrenada de don Diego, sus continuos amoríos de todo tipo y sexo, su violencia, sus excesos y sus caprichos provocadores.

Don Diego parecía un discípulo anticipado de Manuel Machado, un adicto a «los rincones oscuros y los vicios más impuros»; los versos de este poeta –«no hay amor en los placeres, no hay placer en el amor»– podían haber sido su divisa.

Béatrice le tenía miedo, había aceptado gustosa su retiro al convento, un refugio en realidad, lo mismo que su marcha a Florencia.

Yo había encontrado la explicación, aunque no es que estuviese exactamente documentada, esas cosas nunca lo están, pero ¡tantos indicios lo gritaban! Don Diego había acosado a Béatrice, que ya de pequeña era su ojito derecho; su mujer, doña María, se alegraba entonces de ello, aún inocente. Don Diego le hacía a la niña todo tipo de regalos, insistía en que le cantara, buscaba su compañía, quería que lo acompañara en los viajes y desplazamientos familiares, y siempre se acordaba de sorprenderla el día de Santa Béatrice con algún objeto extraordinario.

En el convento donde estuvo recluida Béatrice había una orden expresa de la abadesa: no podía permitírsele la entrada a don Diego, ni el derecho a visitar a su sobrina, pupila y futura nuera.

Si Béatrice hubiera querido probar la vida monástica, por creer sentir vocación religiosa, hubiera entrado en San Gregorio Armeno, convento al que la familia estaba muy vinculada y que ella conocía muy bien por su cercanía a la via Nilo; pero precisamente allí don Diego tenía demasiado poder. Ella había huido de las perversas intenciones de don Diego; su tía, doña María Luna, la había ayudado a escapar.

Los escándalos de don Diego se fueron acentuando a lo largo de su vida, sobre todo tras la muerte de Béatrice; la crueldad y violencia que ponía en sus galanteos se convirtieron, con el tiempo, en la máxima delicia para él.

A pesar de su fama terrible, don Diego tuvo siempre gran éxito con las mujeres, y también con las mujeres poderosas de la nobleza. Aquel funesto desafío suyo fascinaba como un veneno casi irresistible.

Años más tarde, en la década de 1580, hubo en Nápoles alguien parecido: fue Giacomo Caracciolo, hijo de don Bernardino Caracciolo, un gran personaje en la corte del virrey don Juan de Zúñiga: «Giacomo era admirado en la corte por los modales caballerescos, la extrema elegancia, la elocuencia incisiva y todavía más por sus amores desenfrenados. No era raro que cayera enamorado de una familia entera, en cuyo caso no se aplacaba, sino después de haber gozado a todos sus miembros, cualquiera que fuese la edad y el sexo de cada uno de ellos».[1] El Renacimiento, tan deslumbrante, es a veces terrible.

Volvamos a Béatrice y Pedro en su hogar de Mollvano. Habían pasado algo más de dos años de su boda, tenían ya sus dos hijos, cuando don Diego pareció dar muestras de buena voluntad y afecto filial; los visitó y conoció a sus nietos, y les pidió que regresaran de su encierro, que lo acompañaran y participaran en su casa de la brillante vida en la corte del virrey.

Béatrice hizo cuanto pudo por resistirse, consiguió prolongar su existencia segura retirada y austera durante dos años más, pero en aquellos tiempos la autoridad paterna tenía fuerza de ley en los ambientes de la gran nobleza; el albedrío per-

1. Jean-Nöel Schifano, *Crónicas napolitanas*.

sonal era aún más limitado, los individuos pertenecían a sus familias, incluso a la política del rey. Llegó el momento en el que hubo que plegarse a los mandatos del padre, y en 1555 Pedro y Béatrice volvieron a Nápoles con sus dos niños, Fadrique y García, que era el ahijado del famoso don García de Toledo, capitán general de las galeras del Mediterráneo.

El 1555 fue en Nápoles un año de tres virreyes. Don Pedro de Toledo, marqués de Villafranca, lo había sido durante veinte años; Carlos V lo nombró en 1532 y su mandato duró hasta su muerte en 1553. Don Pedro marcó la ciudad para siempre, la trazó y la preparó para ser la gran urbe mediterránea del futuro. Le sucedió el cardenal don Pedro Pacheco, marqués de Villena hasta 1555; luego, durante unos meses, don Bernardino de Mendoza y, posteriormente, también el mismo año, el muy célebre tercer duque de Alba, primo hermano de don Pedro de Toledo.

Nápoles tenía entonces una vida social y cultural de primer orden: había corte, palacios, vieja nobleza, dinero, artistas, poder y muchos siglos de espléndida cultura a sus espaldas. La belleza de Béatrice deslumbró a toda la ciudad, fue la musa de los poetas y la reina de muchas fiestas y acontecimientos. Ella disfrutó, eclipsó a otras y se divirtió como cualquier mujer en el esplendor de su juventud, que vivía además en la cumbre de la sociedad; casi se dejó galantear por don Diego y sus sabios despliegues de ardor apasionado. Pero los problemas no tardaron en llegar. Hay varias cartas suyas dirigidas a la abadesa Laura Gaetani; son peticiones de auxilio porque Béatrice flaqueó, y si no cayó en las expertas redes de don Diego, a punto estuvo; la frenó su naturaleza orgullosa, muy consciente de su fama, de su memoria futura y de su deber religioso. Luchó con todas sus fuerzas contra don Diego y al poco tiempo malparió una niña, víctima de la zozobra de la madre.

Después, oficialmente está el episodio de Aldo Bari, los amores de Béatrice y el paje, el adulterio, el asesinato de Béatrice a manos de don Diego, que la cubría a ella y a su memoria futura de la mancha del deshonor. Fue una venganza total para don Diego: la infamia pública que a Béatrice la horrorizaba más que la muerte, y contra su propia familia, quien se la había quitado siendo casi una niña, y luego como mujer, cuando supo atraérsela. La aparición posterior de Aldo Bari, el pago de su silencio, son evidencias de la siniestra trama de don Diego.

Enterrada Béatrice, Pedro, su marido, se marchó de Nápoles con sus hijos, por los que don Diego nunca más demostró el menor apego. La vida de don Diego continuó siendo la misma: éxitos militares y políticos debidos a su gran pericia, valor e inteligencia, y contactos con el mundo del arte y la cultura. Don Diego reunió una magnífica biblioteca y una colección de arte, ayudó a muchos artistas y, al ser la música su gran devoción, su capilla musical fue de las mejores de Nápoles. La vida privada de don Diego siguió envuelta en desmanes violentos, cada vez más sádicos, que le costaron algún descalabro legal y económico, aunque, por otro lado, era un hábil negociante que gestionó muy bien su fortuna y parecía tener en todo la suerte como aliada.

Don Diego murió en Nápoles a la edad de setenta y dos años en 1588; había nacido en Astorga en 1516, una larga vida para su época. Parece ser que los últimos sacramentos los recibió ya muerto, es casi seguro que no acabó en paz con su conciencia.

Al final de su vida, don Diego era un héroe entre la juventud disoluta napolitana; el adolescente Carlo Gesualdo llegó a conocerle, les unía su común afición musical. Carlo Gesualdo, después príncipe de Venosa, quedó fascinado por la legendaria personalidad de don Diego. El príncipe de Venosa fue un gran compositor, a él le debemos el primer *Stabat Mater.* El 17 de octubre de 1590, Carlo Gesualdo acribilló a puñaladas a Fabrizio Carafa, duque de Andría, y a María Ávalos, la princesa de Venosa, su mujer, que eran amantes; los dos cayeron en la trampa del marido.[2] El príncipe de Venosa los sorprendió en flagrante adulterio, se vengó asesinándolos brutalmente y exponiendo sus cadáveres. La noticia espantó a Nápoles. La estela sanguinaria de don Diego planeaba aún sobre la ciudad.

En esos días supe que Caravaggio, también hombre violento y torturado, conoció la vida de don Diego, que le maravilló y le hizo un retrato póstumo inspirándose en el de Pontormo. El retrato estuvo en via Nilo y se perdió en el siglo pasado sin que nadie explicara cómo.

Éste era el resultado de muchas horas de mirar papeles en el Archivio di Stato y en la via Nilo, donde por fin tío Pepito me había permitido la entrada. Yo sabía que algún detalle se me ocultaba aún, pero el fondo de la historia, la tragedia inicial de mi familia, ya la había averiguado.

2. Jean-Nöel Schifano, *Crónicas napolitanas.*

Tío Pepito parecía amable y cariñoso conmigo, nuestras relaciones se afianzaban; ahora que yo había aprendido a conocerlo no me era nada difícil su trato, su carácter nada voluble era la gran ventaja; él sabía que yo le entendía, me estaba tomando cariño, pero a veces se ensombrecía. Yo había decidido enfrentarme a él más tarde, cuando pasara su famosa fiesta que tanto le excitaba y le ilusionaba; los días de verano se me hicieron cortísimos, me costaba sacar un rato para bañarme en el mar.

Don Diego aparecía en mis noches irregularmente, unas veces muy seguido, otras tardaba casi una semana; ya había una excepcional relación entre nosotros, y lo digo en plural, ese plural era mi verdad, todo se consolidaba. Don Diego existía, contaba para mí, nos faltaba la palabra, nunca me había hablado; sin embargo, teníamos una extraña, profunda comprensión intuitiva. Aunque a mí, claro, me horrorizaba a menudo. ¿Me estaba volviendo loca? Según parecía, yo era víctima de unas alucinaciones anormales que era preciso vencer.

Empezábamos agosto cuando Tulio Valencia, el pianista, me llamó de Roma para anunciarme su llegada. Él ha sido un gran amigo de mi casa y mío. A sus cincuenta y tantos años es uno de los mejores de España y muy apreciado en Europa. Su venida era una buena noticia; su presencia, siempre positiva, iba a ayudarme, lo sabía. Tulio es un hombre de un carácter alegrísimo, liberal, sutil, siempre atento a cualquier pequeño detalle que haga disfrutar de la vida un minuto.

Le prometí ir a su concierto en el San Carlo con tío Pepito, y luego pasar juntos parte del día siguiente; él se quedaba muy poco en Nápoles, estaba de gira.

Esa noche del San Carlo ocupamos otras localidades, las que nos había reservado Tulio como sus invitados de honor; eso causó la extrañeza de la vieja guardia, enemiga de novedades. El programa del concierto era complicado, sobre todo para mi tío: música española contemporánea, Cristóbal Halffter, Carmelo Bernaola, García Abril y Mozart, para suavizar. Se desdeñaba la música local, cosa muy irritante, según tío Pepito, que por amistad se guardó sus comentarios habituales, diversamente malintencionados. Tulio terminó con el *Para Elisa* de Beethoven, la propina final, tema, por archiconocido, infrecuente en una sala de prestigio. Fue una interpretación inolvidable; Tulio administró los silencios, le dio a la obra una emoción y un romanticismo insuperables y el muy musical público del San Carlo se le entregó con entusiasmo atronador.

Después del concierto fuimos a cenar a Zi Teresa, en Borgo Marinaro, como Tulio quería, para escuchar las típicas canciones napolitanas que él adora; estaba encantado, como acostumbra, fiel a su talante fresco, casi infantil.

Tío Pepito y yo lo felicitamos muchísimo.

–Nunca –dijo mi tío– habrá tenido esa Elisa una tal declaración de amor. ¡Ha sido histórico! Es usted un gran maestro, Tulio. ¡Bravísimo! Pero yo estoy seguro de que algo ha pasado, para tocar así.

–Príncipe Pepito, siempre el más perspicaz. Brindo por usted.

Tulio siempre ha tuteado a mi abuela y a la tía Eleonora, pero se sabe que tío Pepito es inflexible en cuanto a los tratamientos y sólo usa el tú en el caso de amigos de infancia o parientes muy próximos.

–Esta noche he presenciado algo increíble, pienso escribirlo en cuanto vuelva al hotel. Estaba yo iniciando el *Para Elisa* cuando una rata ha atravesado corriendo el escenario, se ha parado y ha empezado a mirarme fijamente; poco a poco se iba acercando, yo he sentido la necesidad de atraerla, hipnotizarla con mi música, he probado el atavismo de dominio y sugestión hacia el animal que dicen tener los toreros. He tocado para la rata, a la manera del flautista de Hamelín; la rata se ha sentado muy cerca de mis pies y cuando he acabado se ha largado cual rayo por donde vino.

–Será una rata vieja y melómana, como buena napolitana. Esta ciudad nunca ha renegado de sus plagas naturales, llevará años en el San Carlo –respondió tío Pepito.

Al día siguiente, espléndido, sol brillante y cielo azul, sin demasiado calor, desayunamos juntos Tulio y yo. Había decidido hablarle de mi fantasma, me podía confiar a él, es un ser inteligente y ecléctico, él podía creerme, darme un consejo sereno; sobre todo, él me escucharía abiertamente. Tulio piensa que lo normal y evidente es, en realidad, estrecha limitación de las mentes domesticadas, así que era la única persona capaz de considerar mi problema sin aspavientos, ni extrañeza.

Toda la mañana estuvimos dando vueltas por las bellas callejuelas desconchadas, bajo la ropa tendida del viejo Spaccanapoli. Tulio, el día anterior, había comprado una enorme lámpara de Murano del siglo XVIII, blanca, violeta y aguamarina; me contó que era extraordinaria, y él tiene muy buen gusto, la había pagado íntegra y se había olvidado de la dirección del anticuario, ya que en ese barrio no suele haberlos. Tiró la tarjeta, perdió el recibo y la única solución era buscarlo así, a ojo, o se quedaría sin su lámpara, bastante cara.

Recriminaciones usuales:

–¿Cómo no se te ha ocurrido llamar a tío Pepito? Te hubiera acompañado, te hubiera conseguido una rebaja, mi tío hubiera pasado una divertida tarde contigo, fuera de sus penumbras, y la lámpara estaría embalada en tu hotel.

–Pues no sé –decía Tulio–, me fui de paseo, sin rumbo, entré en una tienda destartalada y ahí la vi, irresistible, ¡de unos colores tan elegantes! Naturalmente la compré en seguida, no podía hacer otra cosa, aunque no tengo sitio donde ponerla.

Seguimos largo rato por el enrevesado barrio, tratando de dar con la tienda, hasta que, ya cansados, quisimos hacer un alto en el camino para tomar algo. Nos paramos en una plazoleta bonita y decrépita donde había dos palacios semiderruidos, uno con apuntalamientos de madera en el piso bajo. Vimos una peluquería de lo más pintada y pimpante, aunque modesta, y delante unos descamisados que jugaban a las cartas. Tulio entró y al poco rato le sacaron una silla, a la sombra de un emparrado. Una peinadora morena de bata blanca le peinaba y Tulio, de espaldas al sol, con un peinador sobre los hombros, disfrutaba como un gatazo, los ojos semientornados. Así se quedó un buen rato. Yo miré el reloj indignada.

–Tulio, ya han cerrado las tiendas, sólo hay tiempo para comer en tu hotel, tienes que tomar en seguida un avión, ¿y tu lámpara?

–Déjalo, Isabelita, preciosa, será el destino, la lámpara estará a gusto aquí y no querrá viajar. Si tú me la encuentras, me lo dices e intentas mandármela. ¿Harás eso por tu viejo amigo?

–Pero Tulio, sin recibo, sin señas, con esas vaguedades tuyas, lo raro sería volverla a ver. Eres un caso perdido.

–¿Y cómo iba a dejar pasar este rato delicioso? ¡Qué idea la de peinarme sólo por gusto y poder conseguirlo! Cómo saben vivir aquí, ¡maravillosa ciudad! Anda, guapa, no me riñas, vámonos a almorzar y así me cuentas lo que te tiene tan alterada.

–¿Se me ve alterada?

–Muy alterada, yo te conozco bien, y ya me lo habían contado tu abuela y tu tía, están preocupadas por ti.

Almorzamos en el lujoso restaurante panorámico del hotel Vesubio, el más antiguo de Nápoles, desde donde divisamos el Castel dell'Ovo, la magnífica bahía, el gran mar en calma con las islas al fondo, mientras yo le contaba mis progresivas experiencias físicas. ¿Imaginarias? Vividas o soñadas con mi fantasma, mi obsesión creciente por él, mi distanciamiento de Pablo, nuestra ruptura, el quebranto del insomnio y del miedo, la lucha contra el absurdo, mi propósito de restablecer mi orden mental perdido, sin dejar un trabajo por el que me había empeñado y sacrificado desde hacía tanto tiempo. Hablé y hablé; fue una liberación.

Tulio me escuchó impávido, paciente, cariñoso. Éste fue su consejo:

–Lo raro en esta ciudad es no enamorarse de un fantasma, hay por aquí tanta vida superpuesta y acumulada, se nota que el aire está muy cargado. Tu fantasma a lo mejor existe o es una alucinación, no voy hacer ningún diagnóstico, ni hace falta; vive esta experiencia, disfrútala, será inolvidable para ti y te ayudará a hacer un libro sobre don Diego mucho más intenso. Pablo es muy buena persona, estupendo en muchos sentidos, agradable, sólido, conveniente para tu familia, oportuno para ti; déjalo a un lado un tiempo, dile que necesitas una etapa de soledad, no rompas con él del todo, ni le cuentes exactamente lo de don Diego; no tienes por qué decidir ya tu futuro, eres muy joven. Yo opino, por favor, no se lo repitas a tu abuela, que Pablo es un chico un poco plano para ti, excesivamente vitaminado; visto aquí, en este escenario, debe de perder mucho, no pega ni con cola. Mantenlo a distancia mientras te dure tu libro y luego, con calma, cuando vuelvas a Madrid, si queréis los dos, reanudáis.

–Pero Pablo y yo estábamos ya muy comprometidos y además tengo una rival de peso.

–La vida nos trae muchos trenes, corazón, ¡cuánta prisa tienes! Si tú además eres una mujer única, deja la angustia, diviértete con todo esto, no le pasa a casi nadie, y prométeme, por Dios, que no vas a visitar ni psiquiatras ni psicólogos, suelen empeorar las cosas o te atontan para arreglarte. Cuando alguien no responde a la norma, no entienden nada, quieren que la vida sea simple como las recetas de cocina; muchos me parecen peligrosísimos. Ya sabes, Isabelita, dónde estoy, puedes llamarme a cualquier hora, incluso de madrugada, si tienes un momento de pánico. Yo te quiero mucho y me tienes siempre, nunca te abandonaré. ¿Lo sabes?

Nos despedimos, nos abrazamos fuertemente y yo me sentí más ligera, aliviada por haber compartido la carga de mi angustia. Tulio fue mi mejor cirineo. Yo estaba dispuesta a esperar, más tranquila y feliz, mi próxima noche con don Diego.

Y así fue, ya no me aterraba tanto, ya no luché contra mi locura, me entregaba a mis momentos felices, recobré mi divertida curiosidad de la llegada a Nápoles. Aceptaba mejor las ausencias de don Diego, me convencí, incluso, de que había perdido poder sobre mí.

Yo tenía mejor cara, mi alegría hizo que los días pasaran más rápidamente aún; tío Pepito se asombró, desconfiado, de mi cambio, pero, siempre egocéntrico, lo atribuyó a su magnífica idea de invitarnos a París.

El 22 de agosto volé a París provista de cien instrucciones y encargos de tío Pepito, la mayoría de ellos relativos a mi vestido, tema capital, definitivo para el éxito de su fiesta, la gran preocupación de aquel verano.

Dejé Nápoles segura de que volvería, estaba impaciente y muy contenta de ver a mi abuela y a mi tía.

Nos reunimos en el elegante hotel Lotti de la rue de Castiglione, un estupendo gran hotel, refinado y discreto. Allí nos alojábamos. Nos abrazamos entusiasmadas, con lágrimas en los ojos. Tío Pepito lo hubiera juzgado bochornoso.

Tenían entre las dos muchísimos proyectos, imposibles de realizar en una sola semana, no importaba, pero sí esa ilusión de niñas atolondradas en su vejez.

Mi abuela, la más mandona, sugirió que empezáramos por lo más urgente: reparar la boquilla de carey de un minúsculo bolso de noche en la tienda Aux Tortues, cerca de la Ópera, y buscar, para la tía Eleonora, unos botones especiales, de madera tropical, tallados en diamante, que se encontraban en una pequeña mercería de la rue Boissy d'Anglás. ¡Siempre las mismas estrambóticas prioridades!

Las dos estaban desbocadas, discutían por los restaurantes, los teatros, las visitas a museos y a amigos; yo tenía que zanjar sus continuas cuestiones y tomar el papel de severa gobernanta. ¡Vaya un par de colegialas!, octogenarias y llenas de vida, era enternecedor.

Cenamos una noche en el Voltaire, ya que tía Eleonora quería tomar su *aile de raie pochée au beurre noire*, un excelente plato especialidad del restaurante clásico y *chic* de la Rive Gauche; almorzamos en Lipp, en L'Obelisque del hotel Crillon, y un eterno admirador de la abuela cargó con las tres y nos llevó a cenar a Maxim's. Visitamos el Louvre, el Museo Camondo, una exposición de mesas en el Jacquemart-André y una colección de lencería decimonónica en el Palais Galliera. Fuimos a ver la moda que ellas querían, los modistos de la avenue Montaigne, Georges V y alrededores, sin olvidar los sombreros; mi abuela llegó dispuesta a comprar uno negro y con redecilla en Jean Barthet de la rue Tromchet, como en efecto hizo, y los zapatos de Mancini, los más elegantes zapatos de fiesta que existen. También hicieron ellas provisión de sus habituales y anticuados perfumes de los años treinta en Caron y Guerlain, que sólo pueden encontrarse en las tiendas principales, pues son ya una reliquia; el de mi tía Eleonora, L'Heure Bleue, tiene un nombre poético y crepuscular, maravilloso. Mi tía se encaprichó de unos pendientes de cristal de roca, ónix y perla en Jar, e indecisa, como siempre, nos hizo volver dos o tres veces antes de comprarlos.

El tiempo volaba, pero, claro está, consagramos horas y deliberaciones para elegir mi vestido largo, que era el *leitmotiv* de nuestra semana parisina.

La abuela tenía una idea preconcebida que resultó ser la buena, no falló su gran experiencia en ropa y elegancia; su ojo y su gusto son absolutamente certeros. Ella quería para mí un traje de madame Gres, a la griega, de escultórico y finísimo drapeado, gasa flotante y color claro.

La casa de alta costura de madame Gres, situada en un enorme y luminoso primer piso de la rue de la Paix, muy cerca de la place Vendôme, iba a liquidarse, mi abuela se lamentaba: «Todas las cosas realmente exquisitas se están extinguiendo». Ella conocía a la relaciones públicas de Gres, una señora bien polaca, y así pudimos escoger entre los trajes-prototipo para las modelos, que trataban de vender a causa del cierre, triste circunstancia muy oportuna para el bolsillo de mi tío, pues los trajes de madame Gres eran los más caros de París; sólo Gres había conseguido un drapeado mínimo, único, trabajado con una maestría y una perfección milimétricas, casi milagrosas, para las que se necesitaban oficialas con al menos siete años de práctica en esta tarea precisa y dotadas de unas manos excepcionalmente secas.

Mi abuela, entre tanto como nos enseñaban, le echó el ojo a un vaporoso traje de noche, color rosa de té pálido, sin mangas, escotado, con su chal a juego y el cuerpo formado por haces de drapeados entrecruzados geométricamente. Me lo probé; me veía transformada; el traje me sentaba muy bien, y necesitaba muy pocos retoques. El largo del vestido llegaba al sitio justo, encima de los tobillos, y caía en ondas de vuelo exacto, parecido al de la estatua extraordinaria del auriga de Delfos. Se resaltaban los pies, que resultaban casi volátiles, con el vestido flotante uno tenía un aire ligerísimo, intemporal; hay un antiguo verso árabe que dice: «Tus pies como vuelo de palomas»... La abuela, al verme, se impresionó, se calló y luego soltó una de sus frases lapidarias: «Ese vestido es un asombroso paliativo a la ley de la gravedad, una obra de arte». Asunto concluido, aunque nos lo tomamos con cierta calma y telefoneamos a tío Pepito para describírselo detalladamente y pedirle su aprobación antes de pagarlo, que era una cortesía necesaria. Me encantaba mi traje, parecía convertirme en ninfa o en hada. Me extrañó lo mucho que me importaba, iba a vestirme con él en un momento trascendental de mi vida, lo presentía, como si fuera el traje blanco de novia.

Ya habíamos encontrado el vestido, las tres estábamos de acuerdo y contentas. Para celebrar la misión cumplida nos fuimos a tomar el té al Ritz, que está a un paso. Nos instalamos en una mesa en el lujoso salón grande, bajo el techo pintado de vaporosas nubes. La abuela y tía Eleonora miraban afanosamente, con disimulo muy bien conseguido, a ver si vislumbraban a algún conocido. Tía Eleonora frunció el ceño.

–¡Ahí la tienes, qué pena, con lo mal que me cae y lo bien que nos iba la tarde! –dijo mientras saludaba de lejos, muy educada.

–¡Qué difícil te estás volviendo, hermana! –le contestó la abuela–. Si tú siempre has sido la bonachona e indulgente.

–Pues sí, soy facilona, pero una tiene derecho a sus fobias

personales. Y yo no aguanto a Marta Serra da Pinto, no me apetece hablar con ella, ojalá no se acerque o me estropeará el té.

–¿De qué es culpable? –le pregunté yo, divertida ante su acceso de ira, tan raro en ella.

–De nada, pero es una petulante de arriba abajo, no conozco a nadie menos natural. Mírala, vestida a la ultimísima tendencia, poco favorecida por rebuscada. Marta tiene buena pinta y da el pego a los que no saben mucho, me fastidia hasta su voz afectada, nasal y cansina, pretende ser una decadente de vuelta de todo, cuando lo único que ha hecho siempre es prosperar.

Minutos después, Marta Serra da Pinto, poco perspicaz, se acercó sonriente.

–¡Qué suerte encontraros! Siempre comento lo poco que nos vemos en Madrid, Eleonora, Isabel, me gustaría poder disfrutaros más.

–Eres muy amable –le respondió, fría, tía Eleonora.

–Coincidimos hace un mes en un estreno de teatro, una obra de Jardiel que a mí me pareció muy bien ambientada. ¿Y a vosotras?

–Pésimamente actuada, una pena, hace falta una gracia para el personaje y una presencia que la pobre actriz no tiene –sentenció mi a veces terrible abuela.

–Yo –siguió Marta desmayadamente–, a estas alturas ya todo lo encuentro bien, no me molesto en analizar, estoy cansada de que luego repitan por ahí: «Marta ha dicho tal cosa». Ahora, mi preocupación es la pintura surrealista. ¿Conocéis a alguien que quiera venderme un Wilfredo Lam?

–Ni al uno ni al otro –dijo tía Eleonora adrede y con énfasis–. Ya nos veremos en Madrid después del verano. ¡Estás muy bien, Marta!

–Eleonora, ¡qué brusca has estado! –opinó mi abuela al quedar el campo libre–. Casi la has despachado.

–Si no lo hago, se nos sienta y la tenemos aquí una hora. ¿Habéis visto lo estúpida que es? Está convencida de que es un oráculo en Madrid y suelta lo de Wilfredo Lam para dárselas de culta, de vivir ocupada en intereses superiores, y todo es un barniz, ni siquiera sabe hablar correctamente su propio idioma.

Al poco rato, una impecable señora japonesa, de elegante y sobrio sastre blanco, pasó a nuestro lado y nos saludó de manera correcta.

–Ésta, en cambio –nos informó la abuela–, no hay peligro de que se nos pegue, es bastante discreta y además siempre tiene citas de trabajo.

–¿Quién es la japonesa? –quise saber–. ¡Qué bien vestida!

–Sí –continuó mi abuela–, siempre lo está. Liu Dekeno de Meyer es un punto interesante en la sociedad internacional, su marido es un multimillonario suizo, un importantísimo hombre de negocios. Él detesta la vida social, por lo que se casó con una chica japonesa mona, inteligente y más bien oscura para asegurarse una tranquila intimidad, pero le salió rana. David Meyer no le hacía mucho caso y Liu no estaba nada dispuesta a ser su sombra: ha montado una universidad privada, especializada en lenguas muertas, que, según parece, son su pasión. Gracias a la gran influencia del señor Meyer, Liu consigue una lluvia de donaciones, todos los permisos y relaciones, y su universidad es hoy prestigiosa. Ella le hace tragar a su marido una institución que le reviente, y responde al éxito financiero de él con una ascendente presencia pública suya propia, que él odia más todavía. Es un pulso en el que la mujer le va ganando al marido muy astutamente y utilizándolo encima, una forma particular de feminismo al fin y al cabo.

Observé a la japonesa; estaba estupenda, aunque su elegancia era fría, un poco quirúrgica, excesivamente cuidada.

Tía Eleonora decretó que la japonesa pagaba un precio demasiado alto por su éxito, una vida de continua tensión, de ímprobo esfuerzo, rodeada de personas pesadísimas, arribistas y dadivosas, que Liu se obligaba a aguantar, siendo tan rica, en pro de sus lenguas muertas. «La pobre nunca tiene tiempo de disfrutar, si hasta lleva el *tailleur* como si llevara un mono de trabajo.»

¡Lo de siempre! El divertido placer de diseccionar a la gente, lúcida y despiadadamente, que las dos llevan dentro y yo saboreo tanto, un afán poco caritativo, pero inofensivo al fin.

No nos faltó en nuestras vacaciones una noche en la ópera, fue un ballet en Garnier; vimos *Raimunda* de Glazunov, coreografía de Nuréiev y suntuosísimos decorados de Zeffirelli, un alarde de lujo para acompañar las opulencias doradas de la sala; el contraste del techo pintado por Chagall, poético, ingenuo y estilizado, anima el teatro sorprendentemente. La compañía del Ballet de la Ópera de París, dirigida por Roland Petit, bailó magníficamente, es una de las mejores del mundo.

Mi abuela y mi tía, cada día un poco más, dirigían sus conversaciones, diplomáticamente, para convencerme de volverme con ellas a España por unas cuantas semanas e ir las tres juntas a Nápoles a finales de setiembre, lo que contrariaba los planes de tío Pepito y los míos. Mi tía Eleonora se había resignado a dejar sus adorados loros en la calle del León.

El gran asalto de las dos fue durante el almuerzo, la víspera de nuestra marcha. Ellas habían querido darse un último capricho: almorzar en el Grand Vefour de la place du Palais Royal. Hacía un día soleado y poco caluroso, y era muy agradable pasearse por aquel jardín, una pacífica isla de armonía en pleno centro de París. El restaurante existe desde finales del siglo XVIII y fue lugar predilecto de Napoleón Bonaparte y Josefina Beauharnais; hoy en día guarda mucho de la primitiva, exquisita decoración directorio, enriquecida y dorada en la época del Segundo Imperio.

Sentadas las tres a una buena mesa, inmersas en ese prestigioso ambiente de servicio y gastronomía, mi abuela y mi tía dieron comienzo a su ataque frontal.

–Isabelita, te lo hemos insinuado varias veces y tú te haces la loca, queremos que te vengas a Madrid con nosotras.

–Pero, abuela, si vamos a vernos muy pronto, dentro de un mes llegáis a Nápoles; la fiesta es a mediados de octubre y tenemos que ayudar a tío Pepito, no os comprendo. Precisamente, tía Eleonora, mi trabajo está muy avanzado, ésta es la mejor época para pasarla en Nápoles. Prefiero, en cambio, un respiro en invierno y tomarme unas vacaciones, evitar los días cortísimos de diciembre; prometo pasar las Navidades en Madrid y arreglármelas para traeros a vuestro hermano.

–Eleonora, no le des más vueltas, hay que ir al grano francamente, Isabelita debe saberlo todo. Por cierto, me extraña que no hayas visto el retrato de Béatrice Luna en San Gregorio Armeno.

–Pues claro que lo he visto, y me parece inconcebible que nunca me hubierais dicho ni una palabra de su existencia; me molestó más aún teniendo en cuenta el parecido enorme entre las dos.

–Impresionante de verdad, lo que debía prevenirte y prepararte para afrontar la situación, una maldición antigua y nefasta que se está cumpliendo paso a paso.

–Por favor, abuela, aclárame esa maldición exactamente, nunca lo acabáis de contar.

–Las dos, tía Eleonora y yo, hemos leído un documento que lo anuncia con exactitud: don Diego volverá para llevarse a la nueva Béatrice, y con ella se extinguirá la familia Altáquila.

–Yo no me llamo Béatrice, para empezar.

–En el registro no te llamas Béatrice, en casa siempre has sido Isabel, pero en la iglesia tu madrina, tu tía paterna, ignorante de esta historia, quiso ponerte el nombre de Béatrice en memoria de tu abuela D'Accaro; tu padre, como era un escéptico, se negaba a creer las viejas leyendas napolitanas y no lo impidió. Me costó mucho convencerlo de omitir ese nombre funesto para ti en el certificado oficial de nacimiento; desgraciadamente, sí figura en tu partida de bautismo.

–¿Y tengo que pincharme con un huso como la princesa Aurora en la *Bella Durmiente*?

–Sabes bien que Béatrice murió a los veintitrés años, tu misma edad; la asesinaron un nueve de setiembre. Créelo o no, pero son demasiadas coincidencias, aléjate de Nápoles, por lo menos en setiembre, así, de alguna manera se romperá un argumento fatal. Piensa en ese parecido inexplicable. Hazlo por nosotras.

–Yo creo, al contrario, después de muchos miedos, muchas angustias y mucha reflexión, que tengo una misión especial, la he sentido, desde siempre, inconscientemente. Mi misión es escribir este libro, sacar a la luz la verdad, para vengar la memoria de Béatrice y reparar la calumnia al cabo de los siglos. Tengo la intuición de que este mes de setiembre va a ser importante, voy a descubrir algo que aún me falta; poco me falta ya, desde luego. He logrado desmontar, sin costarme tanto, la patraña del adulterio de Béatrice y los manejos pérfidos de don Diego.

–Béatrice –suplicó mi abuela, sin darse cuenta de que me estaba llamando así por primera vez–. Óyenos, por favor, vuélvete con nosotras a Madrid.

–Si por vosotras hubiera sido, nunca más hubiera pisado Nápoles, ni hubiera estudiado historia, ni me hubiera interesado por don Diego; yo siempre he dirigido mi vida. Ahora me decís setiembre, después diréis los veintitrés años y los veinticuatro, por si acaso. Además, yo sospecho otra cosa, os habéis propuesto las dos reconciliarme con Pablo, y eso sí que para mí es agua pasada, estoy bien segura.

Miré sus caras tristes, su consternación, y su entrega a la desgracia con cierto estoicismo antiguo me conmovieron profundamente.

–Pero bueno, ¡alegrad esas caras! Estamos almorzando en este restaurante magnífico, mañana nos separamos, tenemos que pasarlo muy bien, es nuestro último día en París, cuando llegue octubre respiraréis hondo, se acabarán los miedos y tendréis confianza en mí.

Durante mi semana parisina no soñé con don Diego, como en Nápoles, pero al dormirme siempre notaba su presencia rondando a mi alrededor, ya me era imposible vivir ausente de él. La última noche sentí una gran necesidad de volver a encontrarlo y me pareció distinguirlo, en flashes muy cortos, revuelto con otros sueños. Me desperté de madrugada agitada por la tensión del deseo, me ahogaba, no podía soportarlo, no demoraría ni una hora mi regreso a Nápoles.

Mi abuela y tía Eleonora, con su presencia de ánimo y dignidad, no volvieron a tocar el tema, se habían rendido o pensaban que no podían ir más allá. Son, ya lo he dicho, respetuosas y liberales; en realidad nunca se habían hecho ilusiones de convencerme, me conocían bien. Después de todo, son ellas quienes me han inculcado la independencia como una gran arma de defensa y me han preparado involuntariamente para mi misión.

Al día siguiente estuvimos alegres, yo desayuné con ellas en su cuarto, querían demostrarme normalidad, y tía Eleonora nos hizo toda una disertación filosófica:

–Realmente yo, enemiga del autoritarismo y de la gente masificada, dirigida, padezco ahora una inquietud nueva en mi vejez. Me ocurrió desde que cayó el Muro de Berlín. Hasta entonces había tres grandes rompeolas para el pensamiento y la opinión, importantes como lo son los inmensos icebergs para el clima mundial, y en número de tres, que siempre ha sido un número mágico. Eran los tres muros: Wall Street, símbolo del dinero y del capitalismo duro; el Muro de las Lamentaciones, símbolo de la religión y el extremismo que puede resultar fanático y destructivo, y el Muro de Berlín, símbolo de la represión ideológica. Al caer éste, que fue una gran victoria de la libertad, se creó, sin embargo, un vacío. Occidente se había acostumbrado a vivir en un equilibrio establecido, los vacíos producen cambios, pero también son el acicate del verdadero avance de la humanidad.

–¡Qué barbaridad, Eleonora! –contestó mi abuela–. Hoy estás *de profundis*, nos has dejado anonadadas. ¡Castelar! Pero aligera, hija, que nos vamos de viaje y tenemos que reírnos un poco, luego nos toca mojar el pañuelo, hechas unas marujonas, en el aeropuerto.

Las teorías de mi tía Eleonora son un caso, un especial catecismo que al cabo del tiempo siempre repite a la menor ocasión propicia.

Cuando llegó la hora de la despedida fue como un mazazo, las tres teníamos un nudo en la garganta, un sentimiento muy desorbitado porque nuestra larga separación sólo iba a durar un mes.

Las vi alejarse, su avión salía para Madrid antes que el mío, y me quedé mirándolas, con mi magnífica caja de cartón de madame Gres en la mano; no había querido facturar mi traje largo. Recordé incomprensiblemente un grandioso pasaje del *Réquiem* de Verdi.

Era muy de noche; en el aeropuerto Capodichino de Nápoles me esperaba Augusto sonriente, acogedor y sinceramente encantado de venirme a buscar, a pesar de la hora tardía. Lo abracé, me era muy necesaria su bienvenida cálida. Él me llevaría, como de costumbre, a mi pensión Pinto.

–Isabelita, *principessina,* en cuanto llegues a la pensión, aunque se haga tarde, llama al príncipe, lo está esperando, creo que quiere verte mañana mismo, y te voy a dar una gran noticia: va a traerte a casa muy pronto, ha hecho abrir y preparar la habitación alta que da al jardín, la más soleada de la via Nilo. ¡Por fin las cosas van a ser como es debido!

–Gracias, Augusto, me alegro muchísimo, pero no creas, no he estado mal en la pensión, le he tomado cariño. Y no te preocupes, cuando tío Pepito me lo comunique oficialmente, haré como si no supiera nada, te lo prometo.

–¡Bendita seas, Isabelita! Contigo puede uno confiarse, nunca he visto una chica más prudente. Aprovecho ya que tenemos un rato a solas, sin oídos chismosos, en el *palazzo* nunca se sabe, para avisarte de otra cosa: ten cuidado con Druso, el administrador, está muy fastidiado del cariño del señor príncipe por ti, se ve a la legua y todos en casa lo sabemos. Tu tío, muy mal hecho, le ha participado su intención de dejarle en herencia no sé cuántas propiedades y le ha dicho que si no estuviera obligado contigo, la continuadora de la familia, él sería su heredero principal. El Druso te hará todo el daño que pueda.

–Mi tío querrá hacer sufrir a Druso de esta manera y además ponerme un vigilante implacable, él tiene su punto maquiavélico, le gusta atizar las rivalidades y los odios. Así cree poder manejarnos a todos, es la vieja táctica del divide y vencerás.

–Yo, Isabelita, te lo digo por tu bien. El Druso es tu enemigo y la culpa la tiene el señor príncipe. Un pan bendito hubiera debido ser el hombre para no volverse en tu contra, y el Druso es todo lo contrario: avaricioso, adulador y falso, y el príncipe lo conoce bien.

–Gracias, Augusto, por tu interés y tu cariño, no te hagas mala sangre, yo también tengo mis uñas, sé defenderme, y mi tío, aunque no lo creas, no tiene secretos para mí, casi le leo el pensamiento, fíjate –afirmé yo, petulante.

Augusto, más tranquilo por haberme soltado sus advertencias, me dejó en mi ya querida pensión Pinto Storey, desde donde llamé en seguida a tío Pepito. Me lo imaginaba de antemano: me convidaría a almorzar al día siguiente y me pediría llevarle el traje para vérmelo puesto, querría que lo guardase ya en via Nilo, en el armario del cuarto asignado para mí. Así fue punto por punto.

Después del café, tío Pepito me enseñó mi habitación del piso de arriba; era muy clara, una excepción en el sombrío caserón de nuestra familia, no tenía los techos demasiado altos, aun siendo grande y comodísima. Estaba dotada de un vestidor, con amplios armarios de *boiserie* blanca y un gran cuarto de baño incorporado, la única parte práctica dentro del vetusto palacio. La decoración del dormitorio era muy simple y elegante: cama pompeyana pintada con dosel, alfombra de flores, lámparas de cristal ligeras, así como las cómodas, el tocador y una pareja de grandes espejos Luis XVI, lacados en gris pálido con toques dorados. En las paredes, grabados y acuarelas dieciochescos de pájaros o flores. La tela de las tapicerías me pareció preciosa, estampada en motivos pequeños, imitando la porcelana azul de Wedgwood. Había tres ventanas alineadas simétricamente enfrente de la puerta que daban al jardín, las cortinas eran de fino hilo blanco, para no estorbar a la luz.

–Este cuarto lo puso tu abuela a su modo, fue el suyo, por eso creo que te va a gustar.

–¿Y cuando ellas vengan, no querrá la abuela tener su cuarto de siempre?

El tío Pepito no contestó a eso.

–¿No te convence tu futura instalación?

–Por supuesto, tío Pepito, ¡me encanta!, muchísimas gracias. ¿Cuándo quieres que me mude?

–Cuando tú puedas, a partir de ahora mismo, ésta es tu casa, se acabó la imbecilidad de la pensión, un disparate impuesto por mis hermanas, te lo recuerdo.

–Tío Pepito, si no te importa, vendré el siete o el ocho de setiembre, y poco a poco traeré mis cosas. En el Pinto preguntaré con cuánto tiempo debo avisar para dejar mi sitio libre, yo pago por meses.

–Tú no te preocupes por eso, ¿qué más te da?

–Tío, yo odio el despilfarro, no puedo permitírmelo, no soy tan rica como tú, y también me conviene revisar y ordenar mis papeles, retomar mi trabajo. Una semana larga me sería suficiente, si no tienes inconveniente.

–No, niña, lo comprendo. Anda, ponte el vestido, yo te espero abajo en el salón grande, así te veo llegar de lejos, el primer efecto. Estoy muy divertido con la fiesta. ¿A que mis hermanas te pidieron que te volvieras a Madrid con ellas, las muy ingratas? No les has hecho caso y aquí estás con tu tío. ¡Bien!

Yo me reí sin soltar prenda, ya que no hubiera sido leal hacia mis viejas queridas.

Me probé mi maravilloso traje; gozaba mirándome al espejo así vestida, pero abrevié la operación acordándome de la impaciencia de tío Pepito.

Él se quedó impactado y mudo, habíamos acertado las tres plenamente, mi tío estaba fascinado como un niño.

–Mira, tío Pepito, me has regalado el traje más bonito de París. No he tenido ni tendré otro así nunca.

–¡Bravo! ¡Bravo! Os felicito a las tres por la insuperable elección, voy a llamar corriendo a mis hermanas. Isabel, pareces una hada, un ángel, una criatura celeste que roza la tierra por primera vez.

Envanecida por sus piropos, desfilé como una modelo, di vueltas, hasta bailé para él.

Me aplaudió, feliz, nunca lo había visto tan entusiasmado.

–No tendrán más remedio que comprender de cuánta perfección distinguida, de cuánta clase son capaces los Altáquila.

Improvisamos un vals, sin música, por salones y pasillos, evoqué la tarde encantada de mi niñez, cuando tío Pepito y yo jugamos a las sombras en el patio.

Me volví a la pensión y me dormí profundamente. Don Diego acudió a mis sueños, me dio una noche de amor deliciosa, el premio de mi vuelta. Debía reconocer que mis sueños eran el centro de mi vida; seguí soñando con él esos días; me sentía invadida de gran plenitud, de suave languidez sensual.

En cuanto a mi trabajo, releí mis últimos escritos y copias de documentos, y así me centré de nuevo en el científico rastreo de don Diego.

Volvía todas las mañanas a la biblioteca y al archivo de tío Pepito; aún me faltaban cosas por examinar. Solicité otro permiso de investigación para finales de octubre, después de nuestra gran fiesta; necesitaba una revisión de los fondos Dávalos en el Archivio di Stato.

Los primeros días de setiembre hacía un calor bastante sofocante, así que aprovechaba las primeras horas de la mañana o las frescas de la caída del sol para mis encierros estudiosos en via Nilo.

Una tarde estaba yo muy concentrada, descifrando una carta, cuando un gran estrépito me arrancó bruscamente de mi tarea.

Unas estanterías habían cedido, los libros se habían caído, algunos de ellos muy antiguos y frágiles, verdaderas joyas, y se amontonaban desparramados por el suelo.

Yo estaba temblando, seguramente se habrían dañado, y tío Pepito montaría en cólera, podría culparme a mí del estropicio, lo que comprometería el resto de mi trabajo.

Llamé a Augusto, quien me aconsejó que inspeccionara todo cuidadosamente antes de contárselo a mi tío. Miramos y remiramos a la luz cada libro, uno por uno, afortunadamente no habían sufrido en el aparatoso golpe, pero las estanterías se habían partido, se había desprendido una parte de la madera del fondo, hecha astillas. Augusto, muy contrariado, trajo una linterna para alumbrar aquel sitio, bastante oscuro, y de pronto me gritó: «¡Mira, Isabelita, parece que hay un cuadro oculto detrás de la librería!».

Llamamos inmediatamente a tío Pepito, que, tras una inspección profunda, avisó en seguida a su carpintero y decidió hacerle desmontar, urgentemente, la librería. Estaba ansioso por rescatar aquel cuadro prisionero.

Allí nos quedamos los tres sin movernos, dominados por la impaciencia, las horas que duró la intervención del carpintero; hasta nos trajeron un tentempié en una bandeja porque no quisimos abandonar ni un minuto la biblioteca para bajar al comedor.

Horas después se completó el hallazgo: un cuadro de tamaño natural, en el que se distinguían apenas tres figuras humanas. Le quitamos muy suavemente una espesa capa de polvo y cal. A pesar de esto, la pintura seguía borrosa, así que la acercamos a la ventana, excitadísimos.

¡Magnífico cuadro! Aunque no pudiera aún apreciarse debidamente, ya se veía una calidad extrema, y era, no lo podíamos creer, ¡un retrato de don Diego! Tío Pepito y yo buscamos, frenéticos, un antiguo inventario. Apareció. El cuadro coincidía exactamente con la descripción del retrato de Caravaggio, desaparecido en el siglo pasado; estábamos casi seguros, ¡lo habíamos encontrado!

Tío Pepito hizo llamar a unos expertos conservadores del Museo de Capodimonte para estudiarlo, y al mejor restaurador de Nápoles para limpiarlo, quien nos aseguró que, bajo la suciedad, el cuadro se había mantenido en buen estado, y sería, por tanto, fácil y rápido admirar a don Diego, según Caravaggio, en todo su esplendor.

Pasados tres días, el cuadro ya estaba limpio. El restaurador había aparcado el resto de su trabajo para dedicarse a este retrato sin descanso, espoleado por mi tío y por su pasión personal, pues tener en las manos un muy probable retrato perdido de Caravaggio es algo único, y aún más sabiendo que el gran maestro no pintó mucho y que casi toda su obra conocida es de tema religioso o mitológico.

Me dirigí yo sola al cuarto donde mi tío había guardado el retrato, su nuevo tesoro. Quería contemplarlo tranquila, despacio, a mis anchas, el tiempo que yo quisiera; me costaba dominar mis nervios.

Caravaggio, está bien probado y documentado, pintó el cuadro (si se confirmaba como el auténtico) en 1606, cuatro años antes de su fin violento, cuando vino a Nápoles huido de Roma y acusado de asesinato. Don Diego llevaba muerto casi veinte años, su fama turbia y terrible fascinó a Caravaggio (Michelangelo Merisi, de nombre corriente), que pudo ver el maravilloso retrato de Pontormo de 1537 y tuvo el capricho de homenajear a don Diego a su manera, sin que nadie se lo encargara. El cuadro fue adquirido bastante después por el nieto de don Diego, Fadrique Ávalos de Osorio, tercer príncipe de Altáquila.

¡Qué distintos los dos retratos! El de Pontormo es una figura fuerte, intensa, pero noble y humana; este otro manifiesta toda la pagana insolencia de Caravaggio y la crueldad potente, aun en la vejez, de don Diego. A cada lado, dos pajes de gala le sirven de bastones, pajes con cara de chaperos, viciosos, altaneros, unos niños de los bajos fondos que nunca conocieron la inocencia.

Esta nueva imagen de don Diego era impresionante, insoportablemente violenta, parecida a algunos personajes de Bacon. Se produjo entre don Diego y yo un cara a cara desafiante; sin palabras parecía decirme: «No te librarás de mí».

Mis sueños esas noches fueron reflejo invariable de aquella confrontación diferente con don Diego; él venía hasta mí mudo y quieto, rodeado del tufo especial de via Nilo. Su expresión era suplicante, desamparada, intentaba hacer cesar la hostilidad que se había manifestado en mí tras el hallazgo del Caravaggio.

Esos sueños me perturbaban mucho, aunque por otro lado añoraba enormemente aquella placentera intimidad con don Diego, ahora perdida. Yo dormía muy poco y, al soportar mal los insomnios, el cansancio me iba minando. En el fondo de mí quería volver a abandonarme a don Diego, acallar la rebeldía y el rechazo que él me producía cuando me recobraba y era la dueña de mi razón.

En una de mis diarias visitas a via Nilo coincidí con Druso; esa vez llegué especialmente agotada, debía de notarse porque tío Pepito me comentó algo. Salió, por supuesto, el tema del Caravaggio, mi tío estaba exultante por haberlo recobrado; eso y la fiesta lo tenían eufórico. A Druso se le escapó una frase desafortunada.

–Lo más inesperado para mí ha sido ver aumentarse el patrimonio artístico de la familia Altáquila.

Tío Pepito lo fulminó con la mirada, furioso por la impertinencia.

–Rarísimo, es verdad, después de sufrir una larga saga de administradores que nos han robado tan fielmente.

Yo no pude reprimir una sonrisa ante los infalibles reflejos de mi tío. Druso se dio cuenta, no se le escapaba una, y me odió más todavía.

Al cabo de unos días, en la recepción del Pinto me entregaron un paquete pequeño, muy bien envuelto, que me había llegado por correo.

Se me olvidó abrirlo hasta la mañana siguiente, pues estaba enfrascada en hacer mis equipajes y cajas para trasladarme a la via Nilo. Pensaba pasar allí unas cuantas noches antes de marcharme definitivamente; había pagado mi pensión hasta el día 15 y me apetecía disfrutar aún de la estupenda independencia que había probado en el Pinto Storey.

El paquete contenía paja y otra caja menor bajo tres capas de plástico de burbujas; dentro de la segunda caja había un amasijo de papel de seda, protegiendo un objeto pequeño. Cuando terminé el complicado desembalaje vi que alguien me enviaba un frasquito antiguo de ágata, de estilo renacentista, con un bonito tapón rodeado de un fino anillo de oro. Lo abrí; estaba lleno de un líquido de olor extraño. Busqué la habitual tarjeta entre los papeles; encontré un elegante sobre forrado sin cerrar, y en su interior, un trozo de pergamino antiguo escrito en tinta sepia; reconocí estremecida la letra de don Diego por los muchos documentos que había manejado, idéntica a la D marcada en mi piel meses atrás. La nota sólo ponía «*Per donna Béatrice*»; me di cuenta en seguida que en español significa fonéticamente otra cosa, se prestaba a un fácil juego de palabras.

Busqué en el impreso de correos el nombre del remitente, pero no figuraba, y el distrito del tampón postal me era desconocido.

Llevé el frasco a la luz, y me fijé en una A coronada grabada en su panza que al principio me había pasado desapercibida entre las aguas gris verdoso del ágata.

Alguien estaba velando porque se cumpliera la sentencia lanzada por don Diego y porque el maleficio original de los Dávalos no resultara, al final, un cuento napolitano más.

¿Era Druso? Evidentemente yo me interponía entre él y la fortuna, una fortuna que él mismo, y antes varios parientes suyos, habían administrado y mermado dentro de unos límites discretos. Pero esa fortuna nunca había llegado a pertenecerles, yo era el único impedimento para que, al fin, Druso se tomara su revancha, por él y sus predecesores.

¿O era tío Pepito? Ya me tenía bastante cariño y se había convencido de que contaba conmigo, yo podía ser un buen apoyo en su declive y una de las pocas personas que le entendían. Pero esto lo superaba mucho su amor a las tradiciones, su culto extremo a la historia familiar. Él sería muy capaz de creerse obligado por el viejo designio de sangre. Probablemente, mi tío consideraría el no ayudar a aquel desenlace secularmente señalado como una deserción y una debilidad.

¿O mi tío Pepito se servía de Druso, lo utilizaba como una marioneta?

Me asusté otra vez, aunque íntimamente yo estaba convencida de ser la dueña de mi destino y eso me calmaba.

No dejé de ir por via Nila, como de costumbre. Estaba preparando el nuevo cuarto a mi gusto: puse unas estanterías para mis libros, almohadones, un sobrio escritorio que coloqué en el vestidor, una lámpara en la mesa, y logré que mis aportaciones se integraran perfectamente con el resto de la decoración. Tío Pepito me dio carta blanca para todo, amable, cariñosísimo, me estaba mimando.

Saqué de un cajón una colcha preciosa de seda gruesa, blanco mate, bordada en hilo de plata azulado con pequeñas estrellas y el escudo de los Altáquila en su centro. Se la enseñé a mi tío, dijo que, según creía, sería de principios del siglo XIX, una época de un gusto refinado y exquisito reflejado en cada objeto. La probé sobre mi futura cama, parecía hecha a medida, iba perfectamente, y también con el leve dosel de organdí blanco, que servía además de mosquitero.

Revisé hasta mis sábanas de hilo, adornadas de sencillas y elegantes líneas de vainica e iniciales, y las toallas, todas blancas y marcadas. Estaba cuidando cada detalle para mí misma, como si yo fuera mi propia huésped.

Me asomé a una ventana; la vista sobre el frondoso y oscuro jardín era muy romántica. Se distinguía, entre los árboles, el ruinoso pabellón chinesco, cubierto de enredaderas, más poético aún desde arriba. Mi tío pensaba adornarlo e iluminarlo fantásticamente para la fiesta.

Distribuí unos cuantos floreros pequeños por el cuarto, ya que me gusta tener flores variadas aquí y allá. En el jardín había jazmines, me encanta su perfume dentro de la casa, a mi alrededor, por todas partes. Los ligeros ramitos de jazmín son ideales, de fresco colorido, y tienen la ventaja de ahuyentar a los mosquitos.

Mi habitación no era calurosa, a pesar de ser alta y soleada; los gruesos muros de via Nilo habían absorbido el frío húmedo de cientos de inviernos.

Abrí los armarios y eché un vistazo: estado impecable, cajones tapizados por dentro, en seda azul clara, una idea fija de mi abuela, su mano estaba muy presente. Mi vestido de gasa color rosa de té seguía allí, colgado de su percha acolchada en raso azul; me encantaba poseer aquella maravilla de traje.

Al día siguiente, 8 de setiembre, yo vendría con parte de mi voluminoso equipaje para dormir por primera vez en via Nilo, la casa de mis antepasados; era un gran acontecimiento para mí. Cuando llegué a Nápoles, en abril, no estaba nada convencida de poderlo conseguir. Desde luego, todo había ido bien, demasiado bien, incluso mis investigaciones me habían resultado inesperadamente fáciles.

Faltaba un último detalle: recordé el frasquito de ágata, lo había traído y lo guardé en la mesa de noche. Cerré con la llave, que escondí, colgada de una escarpia, detrás de una acuarela de ánforas, angelillos y guirnaldas de flores. Temblaba de miedo.

Yo no había intentado averiguar cuál era exactamente el contenido del frasquito, no me cabía duda de que no sería agua de Lourdes precisamente, aunque a lo mejor se trataba de una sustancia inofensiva, y sólo pretendían engañarme con aquella maniobra truculenta de la letra de don Diego, hacerme huir de Nápoles e indisponerme para siempre con tío Pepito, es decir, quitarme de en medio por la vía rápida. Una cuarta posibilidad, pensándolo bien, la más probable.

Se hizo de noche, la luz de una gran luna llena plateaba mi cuarto, que parecía irreal; el día 9 de setiembre tendríamos plenilunio si el cielo seguía despejado. Yo abriría las ventanas y descorrería las cortinas, y la luz blanca inundaría mi cama y yo la recibiría como otra Dánae. ¿Será verdad que uno puede alunarse mientras duerme?

Preferí no quedarme en via Nilo a cenar esa víspera, sino tomar algo fuera, de camino al Pinto; necesitaba perderme entre el movimiento de la gente. Tío Pepito se vino conmigo, su ánimo favorable hacia mí iba en aumento, ¿o sería la suya una afabilidad veraniega? Cogimos un taxi y nos bajamos en el San Carlo; el bullicio estaba al máximo a las diez de la noche y la temperatura era muy agradable. Cenamos en una *trattoria* de principio de la via Chiaia, luego nos dimos los dos un largo paseo hasta piazza Amedeo. Tío Pepito llamó a Augusto para que lo recogiera, no quería tomar otro taxi, ¡y hay tantos en la plaza!, pero eso sería ahorrar una molestia y sentar un mal precedente.

Al marcharse me dijo:

–Estoy muy contento de tu venida a casa. La aparición del Caravaggio ha sido una coincidencia inimaginable, un buen presagio; el asunto todavía es bastante secreto, cuando se sepa será la gran sensación de Nápoles. He decidido presentarlo en medio del aparato debido, en la fiesta de octubre, al mismo tiempo que a ti, el primero y la última de la familia. ¡Qué gran idea! Te restará algún protagonismo o, por el contrario, te hará brillar más. La sociedad napolitana se quedará boquiabierta: ¡una noche inolvidable, irrepetible! Tú estás absolutamente divina con tu traje, serás el cisne y las demás, a tu lado, unos patitos. ¿Quién tiene un antepasado que es, a la vez, un Caravaggio y una novedad absoluta?

Yo nunca había visto a mi tío tan satisfecho.

–A finales de mes llegan mis hermanas, Eleonora sin sus loros, se los he prohibido en mi casa. ¿Les has contado ya lo del retrato de don Diego sin mi permiso?

–No, tío Pepito, ya me he aprendido el manual de instrucciones de mi tío abuelo.

–Isabelita, querida, siempre aciertas conmigo, y mira que es difícil. Vienes el ocho, el día perfecto, otra cordura tuya, el nueve por la mañana temprano le he encargado una misa a la pobre Béatrice Luna di Aragona en San Gregorio Armeno; ella ha permanecido silenciada más de cuatro siglos, es un gesto algo irreverente hacia don Diego, nuestro fundador, pero me parece apropiado, el día nueve de setiembre es el aniversario de su asesinato, a los veintitrés años de edad, como tú.

Era un golpe calculado que me lanzó mi tío; a pesar de su apariencia afectuosa, él continuaba, cruel, midiendo mis fuerzas.

7

ATARDECE EN NÁPOLES

Hoy, 8 de setiembre, he llegado a via Nilo con parte de mis cosas, hoy voy a quedarme a dormir aquí unos días, luego me instalaré definitivamente.

He traído algunos bultos y cajas, los hemos subido al piso alto, los he abierto y ordenado, ropa y libros, en los muchos armarios, cajones y estanterías que tengo a mi disposición. Lógicamente hace muy buen tiempo, mañana habrá plenilunio, y eso favorece los días rotundamente espléndidos y pone pletóricos nuestros sentidos.

En via Nilo esta mañana todo estaba tan quieto, tan silencioso y en penumbra, que me he sentido un invasor profanador. Es la casa de mis antepasados y es la primera vez que voy a vivir en ella, desde siempre ha sido un mundo prohibido, un imán para mí. ¿Perderá ahora su prestigio a mis ojos? Mi cuarto es muy agradable, una isla alegre dentro del inmenso palacio sombrío, se oye a los pájaros cantar en el jardín, pero, en cuanto lo he guardado todo (yo necesito el orden en torno a mí), he deseado salir fuera, pasearme por la calle. Me he liberado al cruzar el umbral. Es curioso sentirse oprimida por haber visto realizado un gran deseo.

He constatado que los grandes deseos, si son viejos, dejan al cumplirse un hueco en el alma, pues han llegado a ser parte de uno.

Mi tío está ausente, viene esta noche, mañana nos levantamos temprano, oiremos una misa a las diez, en San Gregorio Armeno, la misa del aniversario de Béatrice. Yo llevaré falda negra, blusa blanca, mis perlas, zapatos también negros, cerrados y de tacón, me arreglaré bien, es lo menos que ella se merece y así no decepcionaré a tío Pepito. Esta tarde la aprovecharé para ir a la peluquería, hacerme la cera y la manicura, comprar alguna pequeñez y dar un largo paseo. Mi venida a via Nilo me ha traído un nuevo apetito de libertad, luego vagaré por ahí, por la calle, mirando, que es la mejor terapia para mí.

He ido a una floristería cerca del Museo Nazionale que tiene unas flores estupendas; he encargado un ramo de lirios para Béatrice, he comprado unos cuantos para mí y unas rosas de té, grandes y carnosas, del mismo color de mi vestido, y si las meto en agua templada, mañana se abrirán del todo, estarán en su punto, preciosas, pletóricas y pomposas, aunque su tiempo se acortará.

Esta noche cenamos con mis primas Valdassano en la terraza del círculo, sobre los jardines del palazzo Reale, que es muy apetecible en verano. Hoy, primer día de estancia en mi casa, hubiera preferido cenar en el comedor de via Nilo, tan sobrio y noble, hubiera sido más completo.

Tío Pepito ha organizado esta pequeña reunión porque querrá tener un poco más de compañía mañana en San Gregorio Armeno.

La cena ha sido muy simpática, y tío Pepito ha dicho lo de la misa a las primas Valdassano y a algunos otros amigos; seremos unos cuantos. Yo había pensado al principio que esta misa era otro de sus secretos y que iríamos al convento solos los dos. Me he equivocado. ¿Planeará mi tío enseñar el retrato de Béatrice a ciertas personas y propagar por Nápoles el rumor de nuestro enorme parecido? Así se avivará la expectación y la intriga ante su fiesta de octubre, estas manipulaciones son típicas en él.

Me voy a dormir, tengo sueño, esta noche estoy entre los muros de don Diego; al recordarlo me ha dado un escalofrío. He abierto las ventanas, y la luna, casi llena, envía chorros de luz blanca que iluminan mi cuarto espectralmente. Me voy a dormir: presiento que don Diego vendrá y de una manera distinta a mis últimos sueños, que han sido fríos y distantes entre los dos desde que apareció el terrible Caravaggio.

Es ya día 9, me he despertado muy temprano. ¡Me he dejado las ventanas abiertas, y hace tanto sol!

Sí, don Diego ha venido esta noche, no he notado su tufo de siempre, no hace falta, pertenece a esta casa. Toda mi frialdad se ha fundido a mi pesar, ya no me he defendido, me he rendido; han sido unos momentos de amor deliciosos, sin lucha y, lo reconozco, esto es ahora lo único que cuenta, de verdad, para mí. Soy otra esta mañana. ¿Soy Béatrice? Parece como si mis pulmones se hubieran ensanchado y yo absorbiera el doble de aire, hoy es un placer el respirar.

He bajado a desayunar con tío Pepito, muy peinado, impecable con su bata y pijama azul pálido ribeteado de oscuro, a juego, y su inmaculado pañuelo en el bolsillo. Hemos ojeado los periódicos, y he subido pronto a arreglarme para la misa. Me favorece esta ropa sencilla, el pelo suelto brillante, las perlas sobre mi piel, algo bronceada. Mi tío está muy de acuerdo con mi aspecto, eso a él le importa mucho, igual que a mi abuela; ella me lo ha inculcado, y hoy es una ocasión de especial esmero. No olvido mi ramo de lirios para ella, atados con un gran lazo blanco, mi homenaje a Béatrice, la paloma inocente.

–Le llevas flores a tu álter ego, no me extraña que te pongas de su parte, sois perturbadoramente idénticas. Yo me quedé petrificado cuando te vi en Madrid el año pasado; no dije una palabra a mis hermanas, ni ellas me hicieron tampoco el menor comentario, se empeñan en negárselo a sí mismas. En realidad eres tú quien me ha movido a encargar la misa. Isabelita querida, no eres una casualidad; sobre todo hoy, nueve de setiembre, debemos estar en paz con nuestra muerta.

–Tío Pepito, cuando pase el ajetreo de la fiesta de octubre, deseo hacerte muchas preguntas, y espero que no las rehúyas; como comprenderás, en este tiempo de investigación he averiguado mucho de don Diego, así que necesito una conversación sincera y a fondo contigo.

–Niña, los hechos son hechos, podemos hablar cuanto quieras, pero no vamos a cambiar nada, no está en nuestra mano, ni es bueno intentarlo.

Las primas han estado en San Gregorio esta mañana. He vuelto a ver a Mario Marini Enríquez y a Giovanni de Savay, mi seductor inquilino de piazza Vittoria, que me ha encontrado muy a su gusto, lo he notado. Ha habido unos treinta amigos de mi tío, a algunos ya los conocía de antes.

La misa ha sido en latín, el cura iba revestido a la antigua con casulla de seda morada; lo han ayudado dos monaguillos con sus roquetes y encajes, incienso y flores también moradas. Tío Pepito ha dispuesto todo, hasta el último detalle, para este réquiem familiar tan diferido. Ha habido un pequeño coro y música de Palestrina, triste y espiritual. La ceremonia ha resultado sublime en la iglesia de San Gregorio, gruta fantástica, de atmósfera espectacular y secreta a la vez. Yo casi he perdido la noción del tiempo.

Después de la misa, mi tío nos ha conducido a todos dentro del convento, donde nos han recibido la abadesa y las monjas, para ver el retrato de Béatrice, bajo el que yo he depositado mi ramo de lirios, rezando interiormente una oración. Tío Pepito nos ha dado una corta explicación sobre el retrato de Bronzino, y me ha colocado a mí al lado, a propósito, sin decir nada. He observado las caras que iban poniendo todos, asombrados, impresionados. Yo he sentido un pudor incomodísimo, peor que si hubiera posado desnuda delante de ellos. Mi tío me ha dicho al final, muy ostensiblemente:

–Béatrice, despide a mis amigos, por favor.

He visto la imagen de Béatrice en el retrato, más pálida aún que la última vez, como si no hubiera tenido jamás sangre en las venas.

Cuando los demás se han ido, se lo he reprochado a mi tío.

–Tío, yo soy Isabel.

–Tu nombre católico es Béatrice, lo ignores o no, y a partir de ahora quisiera poderte llamar así siempre. ¿O es que te avergüenzas de ella?

–No, pero a mi edad es difícil cambiarlo todo, tío Pepito.

–Lo comprendo, aunque creo que es precisa una reparación para nuestra lejana abuela. Desde luego, no voy a obligarte si tú no quieres.

–Tío Pepito, seguiré siendo Isabel, me he mudado a tu casa, pero no he dimitido de mi persona.

Estaba ofendida con mi tío, me ha exhibido como un perrito de circo ante su público para lograr su calculado efecto sin ninguna consideración, sin advertírmelo siquiera. Él se ha dado cuenta y ha tratado de disculparse.

–Niña querida, no era mi intención hacerte pasar un mal rato, simplemente he querido afrontar las cosas de una vez, es el momento.

Yo he dejado escapar una buena ocasión para aclararlo. ¿Es el momento de qué? Pero no me apetecían las indagaciones, probablemente por deferencia piadosa, hoy es el aniversario de Béatrice, hoy se consumó su asesinato en nuestra misma casa.

Desde luego, mi tío se ha salido con la suya, ahora los comentarios se estarán extendiendo por Nápoles a la misma velocidad que los grandes escándalos; verdaderamente, la noticia es sensacional y rara.

Tío Pepito tenía hoy un almuerzo y yo quise irme por ahí, tomarme el día libre, la blancura de mármol, casi mortuoria, de mi sosias Béatrice me ha causado malestar. Dispuesta a ahuyentarlo con nuevas imágenes, he decidido volver al Museo Capodimonte, sobre todo por la inolvidable *Antea,* uno de mis cuadros preferidos, a ver si me servía para alejar las malas vibraciones.

He tomado un taxi, ya que la distancia es larga; ha hecho un día azulísimo, algo caluroso, pero no sofocante. He atravesado el Nápoles más barroco, que se hace a las afueras aún más abigarrado, y he llegado a la colina de Capodimonte, arbolada y verde, y he subido las altas cuestas. Don Juan Valera cuenta que, siendo joven diplomático, acompañaba en carroza al embajador de España, el poeta romántico don Ángel de Saavedra, duque de Rivas, que se llevaba al chico para que le diera conversación durante el largo trayecto porque le divertía su ingenio. El duque se quedaba en las recepciones del palazzo Reale, tan ricamente, su coche lo esperaba allí mismo, y don Juan Valera tenía que volverse solo, de noche y a pie, varios kilómetros hasta su casa por peligrosos vericuetos, cosa que al duque de Rivas le parecía lo más normal del mundo, una lógica cuestión de grado. Eran métodos a disposición de los poderosos para vengarse de su juventud perdida.

El palazzo Reale y el museo, en medio de su inmenso parque, rojo e imponente, no han cambiado nada, aunque están reparados y pintados. He cruzado los enormes patios neoclásicos y he subido a los pisos de pintura, que muestran las magníficas colecciones Farnesio, herencia materna de Carlos III de España, anteriormente rey de Nápoles, que quiso legarlas a su querida ciudad.

El museo no está tomado por bandadas de turistas, aunque tiene bastantes más visitantes que en los solitarios recuerdos de mi infancia. Hay pocos paneles explicativos y uno se encuentra libre frente a los cuadros, lo que favorece un contacto más personal y auténtico.

Me he dirigido a las salas manieristas donde se exhibe la *Antea* de Parmigianino, una cortesana del siglo XVI, un personaje lleno de carisma. Es de la misma época, o un poco anterior, al retrato de don Diego de Pontormo; don Diego tuvo, al parecer, relación con ella. La famosa y bellísima Antea, cortesana romana, alabada por Benvenuto Cellini y el Aretino, es una mujer joven, extremadamente elegante, vestida de amarillo y sepia, con una piel de zorro sobre los hombros y el pelo recogido en trenza, adornada en el medio por un prendedor de perla. Está serena, sin ninguna arrogancia ni la convencional modestia femenina al uso entonces. La Antea nos mira fijamente, sin provocaciones ni complejos, y con una gran dignidad natural.

Parmigianino fue un pintor importante de la época del manierismo. Nació en Parma en 1503, donde dejó obras de primer orden, y murió en 1540; su verdadero nombre es Francesco Mazzola. También él sucumbió a los encantos de Antea y quiso perpetuar su memoria.

Hice un recorrido por el museo y volví a ver al buen san Jerónimo de Colantonio sacándole amorosamente la espina del pie a su león, el retrato majestuoso del Tiziano del papa Paulo III Farnesio y sus sobrinos Octavio y Alejandro, la mejor ilustración del nepotismo papal, sin olvidar el cuadro que representa a Hipómenes y Atalanta, de Guido Reni, figuras extrañas, vehementes y apasionadas. Di una vuelta por las salas de objetos preciosos y por los apartamentos reales, y me quedé muchísimo rato. Es un alivio no tener el tiempo contado, no mirar el reloj. He tomado una ensalada en la cafetería del museo. He salido al parque, más frecuentado que el interior. Me he dado un paseo en una colorista calesa de alquiler, un viejo cochero de uniforme, muy simpático, me ha llevado a ver las diversas y bellas vistas de Nápoles desde Capodimonte. Me encantan los paseos en coche de caballos, me cuesta resistir verlos vacíos sin subirme a alguno. El ritmo y la velocidad a los que uno desfila son muy agradables, y mecerse al traqueteo del trote, salvo cuando hay viento, que lo detesto. El cochero era muy educado, hablaba con el acento y los ademanes fuertes de los antiguos napolitanos, una personalidad. El hombre no me ha metido ninguna prisa, me he bajado a contemplar un panorama notable y he oído el tañido cercano de la campana de Santa María del Buon Consiglio, a la que han respondido las de otras iglesias, y en ese mismo instante una paloma blanca y sola ha volado muy alto hacia el cielo. Repentinamente me han dado ganas urgentes de volver a casa y he tenido una idea clara, la conciencia de lo que debo hacer.

Augusto me ha abierto esta tarde en la via Nilo.

–Hola, Isabelita. ¿Te pasa algo? Pareces triste.

–No, Augusto, es que esta mañana hemos tenido una misa,

es el aniversario de algo horrible que sucedió en esta casa hace cientos de años y estoy impresionada.

–El crimen de don Diego, *principessina*, siempre lo hemos sabido aquí de memoria, pero no le des más vueltas a la cabeza, en todas las casas viejas ha habido horas malas y buenas. ¡Tu cuarto está muy bonito! Queremos que estés aquí como una reina. ¿Te subo algo? ¿No quieres tomar nada para animarte?

–Sí, Augusto, me dejo convencer, tráeme, por favor, un café, un zumo de naranja y un plato de mozzarella y tomate. ¿Puede ser?

–Claro que sí, ahora mismo, te va a sentar bien comer algo, ya lo verás.

En seguida me lo ha servido todo en una bandeja muy bien puesta, yo me he sentado en el salón pequeño.

–Augusto, si no fuera por mi tío no bajaría a cenar, me duele la cabeza, estoy cansada. Llevo mucho tiempo por ahí, sin parar, me daría un baño y me metería en la cama, es lo que me apetece.

–Pues vas a tener suerte, Isabelita: el señor príncipe ha dicho que no vendrá a cenar, no se podrá quejar de que no lo acompañes.

–Mi tío está saliendo sin parar, nunca ha sido su costumbre.

–Sí, Isabel, a mí me choca, en los últimos años sale poco; si almuerza fuera, siempre cena en casa o al revés, y ahora que estás tú aquí, los primeros días es un poco feo dejarte tan sola, mi niña, no lo entiendo.

Tío Pepito no hace nada por casualidad, está claro. Hoy,

9 de setiembre, ha querido esfumarse, y es de lo más antipático, podría pensar que es una fecha siniestra para mí, bien me lo ha recalcado él. En fin, tío Pepito me suele obsequiar, de cuando en cuando, con alguna maldad. Hoy, su deseo ha sido abandonarme a mi miedo en via Nilo.

Le he dado a Augusto las buenas tardes cariñosamente, ya que ha sido un compañero sensible, de buen corazón.

Hubiera echado un vistazo a los dos retratos de don Diego de la galería; enfrentarme a mis temores es un reto sano, fortalece. Pero tío Pepito, después de colgar el Caravaggio, se ha convencido y ha instalado un moderno sistema de alarma conectado directamente con la policía que yo no sé desactivar.

He subido a mi habitación, voy a tomar un baño de espuma despacio, echarme aceite para relajarme, pintarme las uñas de los pies con el esmalte Chanel núm. 15 *beige naturel*, del mismo color de las rosas de té; me pondré una mascarilla en la cara, quiero borrar de mí todo el calor y el cansancio del día, deseo estar muy guapa esta noche.

He sacado del cajón la colcha blanca de seda, la he extendido sobre la cama, las rosas están muy abiertas, aún frescas, en todo su apogeo, he hecho un pequeño ramo en un florerito de plata, mezclando los lirios y las rosas, que he dejado sobre mi mesilla. He deshecho unas cuantas rosas y he esparcido los pétalos sobre la cama y a su alrededor.

Me he maquillado cuidadosamente, me veo muy bien, hoy he tenido buena mano, me he perfumado con mi ya tradicional perfume, lo uso desde los 15 años; mi amiga Lola dice que es mucho más fácil cambiar de marido que de perfume. Ella lleva también el mismo desde siempre. Me he puesto mis pendientes de perlas y mi ropa interior sin estrenar.

Me he vestido con mi traje de madame Gres y me he mirado al espejo largamente, de espaldas, de frente, de perfil, me transforma en princesa de cuento de hadas.

He cogido la llave de la mesilla de noche, recordaba exactamente el cuadro donde la oculté. He sacado el frasquito de ágata, lo he destapado, sigue lleno de ese líquido de olor extraño. Nadie lo ha tocado. Ahora, el frasco está sobre la mesilla, cerca de las rosas.

Me he probado los zapatos transparentes de punta plateada mate que compramos en Mancini de París para la fiesta y los he vuelto a guardar, estoy mejor descalza, como las estatuas.

Reflexiono si escribir o no una carta, pero nada de lo que explique será exacto, renuncio a la idea, es mejor el silencio. No hablaré por teléfono con mi abuela y tía Eleonora, no tengo valor para una conversación alegre, para ser cínica y mentirles. Pero es necesario una nota afirmando que actúo por mi voluntad y conscientemente. No puedo crearles problemas a los demás. La escribo en un elegante papel azul de cartas, con pluma de caligrafía y tinta color sepia. La he guardado en un cajón.

He mirado por la ventana al jardín, los días se han acortado, atardece en Nápoles. He abierto todas las ventanas de par en par; la luz radiante de la luna llena lo impregnará todo esta noche. Mañana, cuando me encuentren, la brisa del amanecer moverá suavemente las cortinas y el ligero dosel de mi cama.

Aparto la más hermosa de las rosas, la sostendré entre mis manos cuando me tienda en la cama, después de haberme bebido el frasco de don Diego.

He preparado bien la última escena de mi vida, que sea para ellos una visión maravillosa.

EPÍLOGO

El príncipe de Altáquila estaba apenado y, a la vez, se sentía muy orgulloso de Isabel. La había perdido, pero lo prefería a la idea de aguantar la frustración hiriente y gradual de verla desvirtuarse por acomodarse a una vida burguesa corriente. Isabel, pensaba, no hubiera soportado bien la supervivencia en una época imposible para su anacrónico sentido estético.

De esta manera, el príncipe Pepito se ahorraba asistir a «una disolución mezquina de su estirpe», como afirmaba, tan narciso y grandilocuente.

La tragedia anunciada a través de los siglos era para él un cumplimiento digno, una heroica fidelidad.

Así, la familia Altáquila se había asegurado para siempre la belleza imprecisa de los recuerdos.